喜歡☆討厭」
illustration by mogelatte

「喜歡☆討厭」
illustration by Yamako

「愛哭鬼男友」
illustration by Yamako

喜歡★討厭
原案／HoneyWorks
小說／藤谷燈子
Kadokawa Fantastic Novels

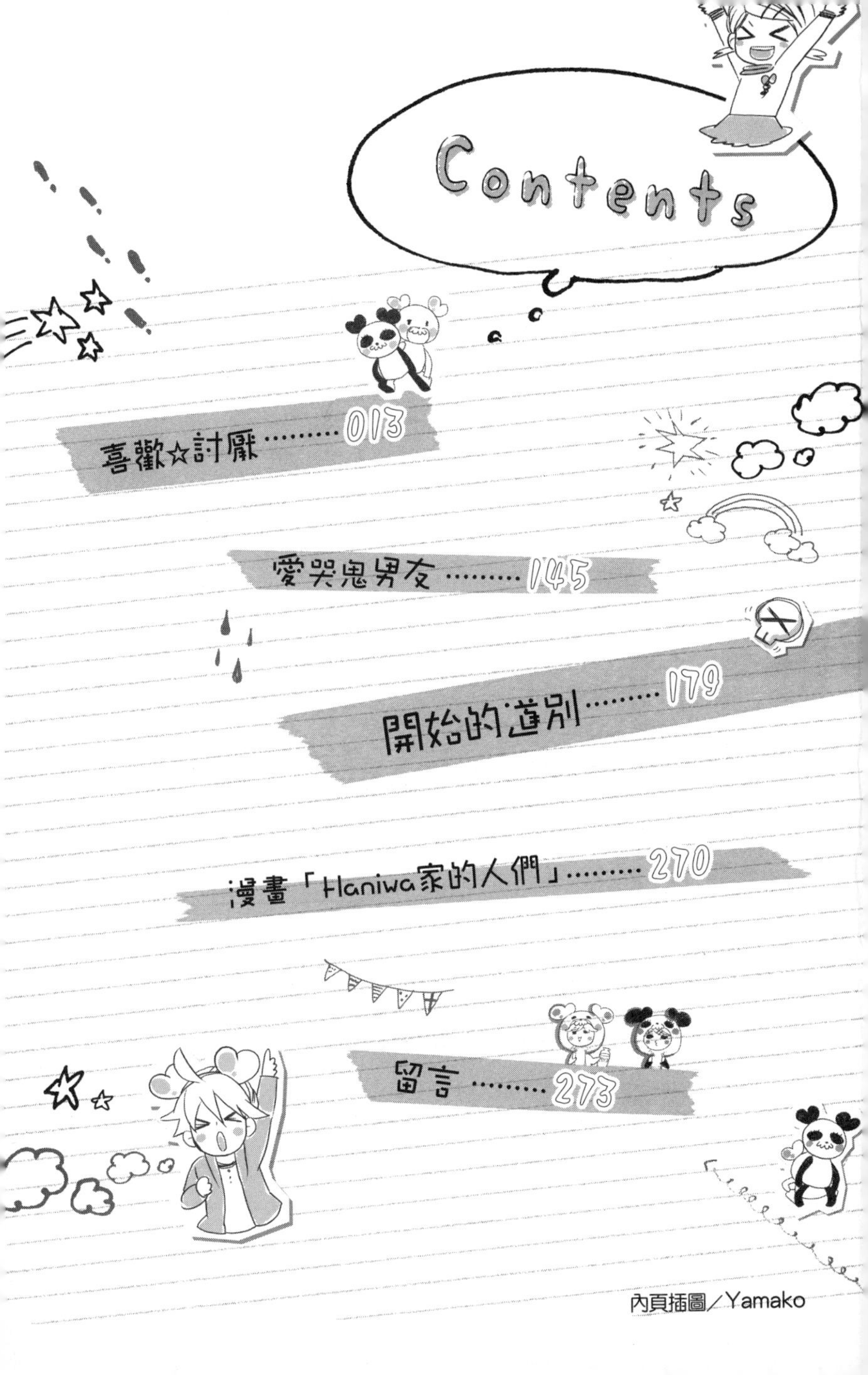

Contents

內頁插圖／Yamako

何謂「初音未來」☆・☆・☆・☆・☆・☆・☆・☆・☆・☆

2007年8月，日本的Crypton Future Media研發了一款「歌唱軟體」做為銷售產品，描繪於外盒上的人物便是「初音未來」。此產品推出後，眾多業餘創作者透過這款名為「初音未來」的軟體製作歌曲，將其公開在網路上。除了歌曲以外，插畫、動畫等不同領域的創作者，也在取得Crypton授權的情況下，創作出以「初音未來」為主題的作品，並同樣公開在網路上。於是，除了日本國內以外，「初音未來」甚至成為國外也相當受歡迎的虛擬歌手。日本國內外也舉辦過以3D影像技術呈現的「初音未來」演唱會，其人氣正逐漸擴展至全世界。

☆ 官方網站 http://piapro.net

「初音未來」、「鏡音鈴、連」、「巡音流歌」、「MEIKO」、「KAITO」均為Crypton所發行的軟體。

《喜歡☆討厭》小說版以樂曲「喜歡討厭」、「愛哭鬼男友」、「開始的道別」為原案。
VOCALOID的註冊專利為YAMAHA所有。
小說版的人物設定和「初音未來」、「鏡音鈴、連」、「巡音流歌」、「MEIKO」、「KAITO」的官方設定不同。

喜歡☆討厭
すききらい

「在此昭告所有新生！台下那個雙眸濕潤，名為音崎鈴的小天使，將來預計會成為我的女朋友，所以可別對她出手喔～啊！當然，也不可以迷上她。」

太扯了。簡直難以置信。

到底為什麼會變成這樣？

在全校學生聚集的體育館裡頭的舞台上，被聚光燈照耀的加賀美蓮如此高聲宣布。在這個時間點聽到這麼荒謬的發言，讓我幾乎當場昏倒在地。

面對我茫然的反應，台上那個萬惡之源帶著滿面笑容朝這裡揮了揮手。

於是，因為某個輕浮男的緣故，我原本平凡的高中生活，注定要掀起一陣陣波瀾。

『抱歉喔，沒辦法去幫妳的忙。我很期待妳的餅乾呢♥』

♥ ✧ ♥ ✧ ♥

在等待餅乾烤好的這段時間，我的好友千歌傳了一封簡訊過來。

千歌和我同樣是家政社的社員，同時還是學生會的委員之一。

而且，她還是高二生，卻已經當上了副會長。

像今天這場新生入學歡迎大會，她也和學生會長一起站在台上主持。

不僅開朗、溫柔，還能確實表達自身意見的千歌。

老實說，相較於不起眼又怕生的我，她幾乎是不同世界的人類。

儘管如此，她還是每天都很有毅力地來找我攀談。也因為這樣，我們才變成好朋友。

『別在意。妳才是，擔任司儀要加油喔！另外，餅乾是為了新生準備的喲。』

回傳了為她打氣的簡訊之後，我呆呆地眺望窗外的風景。

這是我第二次從家政教室凝望仍是一片濃綠的櫻花樹。

（今年的花季比較晚，等到開學典禮的那天，像雪片般漫天飛舞的櫻花一定會很美吧……）

這所私立逢坂學園座落於山丘上，校舍裡頭也充斥著綠意。從校門口一直延續到校舍的櫻花路樹相當受準考生的歡迎。而我，其實也是看到入學簡章上的介紹，就對這片景象一見鍾情了。

「鈴，餅乾快烤好了嗎～？」

社長打開家政教室的門，探出一顆頭這麼問道。

我連忙從椅子上起身，然後趕到烤箱旁。

「啊，是的！大概再五分鐘就好了。」

「很好很好，這樣就能輕鬆迎接放學時間了。」

今天接下來這段時間，會在體育館舉辦新生入學歡迎大會，同時介紹各個社團。

等到放學後，新生們便會選擇自己感興趣的社團，並前往聽社員說明。

這些餅乾便是用來賄賂……不對，是請新生品嚐的茶點。

「話說回來，烤了這麼多，到時候會不會剩下呀？」

「現在就說喪氣話怎麼行呢！聽好嘍，我會透過華麗無比的社團說明，來吸引新生的注意力，然後再用妳的餅乾抓住那些前來參觀的孩子們的胃，一個都不會放過喔！」

「一個都不放過啊……」

「因為有輕音社在，應該無法『一個都不放過』啦。在新生之中，似乎也有為了輕音社而來報考我們學校的粉絲呢。」

「……今年果然也是這樣嗎？」

逢坂學園輕音社——亦即通稱Haniwa的HoneyWorks，是在這個縣內相當有名的樂團。

因崇拜Haniwa而入學的學生絡繹不絕。就讀國中時，我其實也是他們的粉絲之一。

話雖如此，當時領導那個樂團的人並非加賀美蓮，而是一位名為未來學姊的歌姬。

「我真的超期待今天新生入學歡迎大會的現場演唱呢！妳也迫不及待了吧，鈴～？」

「畢竟這是本校的重頭戲嘛……」

「呵呵！這樣一來，王子的粉絲又要增加嘍～」

在這所學園當中，暱稱是「王子」的人，就只有一個。

雖然我沒這麼稱呼過他，以後也不會這麼做就是了。

「話說回來，妳今年跟王子同班對不對？真是太好了呢。」

「……一點都不好。」

感到心情莫名沉重的我，自然而然地以低沉的音調回應社長。

因為，加賀美蓮正是我這半年以來諸多煩惱的根源。

我的確是Haniwa的粉絲，也很喜歡他的歌聲沒錯。

然而，就算這樣，我也不曾有過想更親近他的念頭。絕對沒有。

只要站在遠處眺望他，我就覺得很足夠了。但不知為何，從去年的文化祭之後，我就一直被他追著跑。

眾人視為王子的他過度投注的關愛，讓我原本平穩的生活徹底瓦解。

那個輕浮男……

把我低調但安寧的日常生活還來啦！

「原來如此。對於生性害羞的妳來說，王子的猛烈攻勢讓人有點無力招架？」

「……妳在說什麼呀？」

「想蒙混過去可沒用喲，因為連高三學生都知道相關傳聞嘛。」

「咦……」

「去年的時候，每逢下課時間，蓮就會跑到妳班上去露臉吧？我還聽說，他在走廊上偶遇妳時，會大聲呼喚妳的名字，並用力揮手呢。」

「請妳忘記這些吧。拜託馬上消除這段記憶吧。」

「原來妳這麼反感啊？……其實我一直很想問妳，變成這種狀況的契機是什麼？」

「我才想問咧！」

我怎麼可能會知道他這樣調侃我的用意呢。

只是因為很有趣？還是以惹惱我為目的之類的？

無論如何，我只希望他馬上停止這種令人困擾的行為。

「嗳，鈴……能夠正大光明地開心嚷嚷『我有男朋友了！我要去約會了！』的時光，僅限於升上高三前而已喔。」

「……可是，我現在不太需要這種……」

「咦咦～？妳不想交男朋友嗎？」

「……呃，嗯……」

因為無法完全否定社長的結論，我只是含糊地笑著帶過。

念國中時還不到這種程度，但在成為高中生之後，我周遭的人紛紛交到了男朋友或女朋友。

我會聽他們聊戀愛話題，也並非一點興趣都沒有。

不過，該怎麼說呢……

連初戀都還沒經歷過的我，對這方面實在沒有概念呢。

就算朋友找我商量戀愛的煩惱，在我聽來，感覺也只像是連續劇或小說的橋段一般。

被問到「妳有喜歡的人嗎？妳喜歡什麼類型的？」這種問題，我也完全回答不出來。

「別提我了，那妳呢，社長？妳之前不是說有仰慕的人嗎？」

「我無所謂啦，反正馬上就要畢業了嘛。他是在我高一時擔任輕音社社長的學長，名字叫做海斗。」

兩年前，也就是說——

社長的這句話讓我的心臟重重跳了一下。

「未來學姊！那時被稱為歌姬的未來學姊也在吧？」

「咦？啊，嗯，她比我高一個年級。」

「這樣啊……說得也是呢！好好喔，真羨慕妳！」

「原來妳也會這樣激動大喊啊……怎麼，妳是未來學姊的粉絲嗎，鈴？」

「是的！我可說是因為聽說未來學姊是逢坂的輕音社成員，才會報考這所學校呢。」

未來學姊是逢坂學園引以為傲的傳說中的女神。

還在念高中時就被業界人士挖角，連畢業典禮都來不及參加，便前往東京，然後直接成為專業團隊的一員。

自推出正式出道單曲後，便經常奪下排行榜冠軍寶座，今年還預定在大型體育館舉辦巡迴演唱會。她還受邀參加國外的音樂祭，傳聞她或許真的會正式打入國外市場。

「真希望妳也能像對未來學姊那樣，對王子產生興趣呢，就算只有十分之一的熱情也好。」

「請恕我拒絕。」

「唉唉～看樣子前途多災多難吶。接下來就是新生入學歡迎大會了，拜託妳要維持住笑容喲。」

「我……我會努力的。」

「請妳這麼做吧。那麼，我要卯足全力去拉攏新社員了！」

很忙碌呢。

今年，新生入學歡迎大會的氣氛格外熱絡。

聽完社長的說明之後，高一學弟妹的反應也相當不錯。這樣一來，感覺放學後會變得很忙碌呢。

「好的，接下來是今天最後一個社團。現在就請大家恭候多時的『他們』上台吧。逢坂學園引以為傲的輕音社登場！」

聽到擔任司儀的千歌的介紹，全體學生在發出歡聲的同時紛紛起立。

舞台的布幔隨著喝采聲緩緩揚起。

「——歡迎來到逢坂學園。」

沐浴在舞台聚光燈之下，被稱為王子的樂團主唱加賀美蓮帶著微笑說道。

儘管只是抱著吉他站在直立式麥克風前，卻帶著極其強烈的存在感。只是佇立在那裡，就能夠散發出壓倒性的氣勢。

「新生也不用客氣，一起來炒熱氣氛吧。」

在如雷的歡呼聲中，Haniwa的演唱會開始了。

第一首是幾乎能稱為招牌歌曲的「竹取Overnight Sensation」。無須樂團成員們出聲要求，前奏開始後，舞台下方便自動響起打拍子的掌聲。

接著是名為「告白預演」的新歌。

我是第一次聽到這首歌，但輕快的旋律和可愛的歌詞卻不斷在耳畔迴響。（這種曲風……這首歌一定也是加賀美蓮創作的吧。）

最後一個音色響起，即將進入第三首歌曲之前，舞台進入社團宣傳時間。司儀一一介紹了曲子的創作過程、樂團成員以及輕音社的主要活動。

新生們或許完全被樂團的氣勢壓倒了吧。在輕音社演出的這段時間，台下完全聽不到之前介紹其他社團時的刻意咳嗽聲。

取而代之的，是「王子親衛隊」的女孩子們不斷嚷嚷的聲音。

「這邊！看這邊，王子！」

「王子好帥喔！跟我揮手！」

稱呼加賀美蓮為王子的這些女孩，看起來就像一個個迷戀偶像的追星族。

（聽說她們還會在定期演唱會上揮舞螢光棒的樣子……）

但畢竟今天是校內活動，她們或許已經相當自制了。

至於加賀美蓮本人，則是在輕輕一鞠躬之後，便不再回應台下粉絲的聲音。

「——那麼，接下來是最後一首歌曲。」

社團介紹在不知不覺中結束。伴隨加賀美蓮這句話，樂團成員們架起自己的樂器。

下一瞬間，他清唱出第一句歌詞。

「這樣一來就結束了呢。不要哭泣。」

雖然沒有公布曲名，但我馬上就聽出來了。

（是「愛哭鬼男友」……！）

這是收錄在未來學姊的出道單曲中的隱藏曲。

我原本就相當喜歡這首歌。自從在去年文化祭聽過加賀美蓮演唱的版本之後，它更是宛如餘音繞樑般，不曾從耳畔消逝。

是朋友，還是戀人？

又或是曖昧不清的關係？

令人心疼的歌詞，描寫了兩人分手的場景。

（就算只有一次機會也好，真希望能聽到未來學姊現場演唱這首歌曲呢。）

儘管我這麼想，這首歌同時卻也相當適合加賀美蓮，實在很不可思議。

彷彿是為他量身打造的一首歌曲。

（啊啊，又來了……真是的，怎麼辦啊……）

溫熱的物體從臉頰滑落，我才發現自己哭了出來。

真討厭。去年的文化祭，我也曾為了他的歌聲而落淚。

就算用指尖拭去，新的淚珠卻又接二連三湧出，連胸口都有種被緊緊揪住的感覺。

（旁邊的女孩子也哭了呢……）

體育館裡頭昏暗而視線不佳，但我認為應該還有其他女孩子為這首歌濕潤了雙眼。

他的歌聲，有著某種能夠輕觸他人內心回憶的神奇力量。

（……可是，加賀美蓮本人明明只是個輕浮男……）

因為今天是新生入學歡迎大會，進行社團宣傳時他也表現得比較收斂。平常應該會更囂張才對。

雖然還不到GAL男（註：對流行敏感，髮型和服裝花俏的年輕男性）的程度，但他確實很輕浮。

就算被女生當面稱呼為王子，他也會笑著接受。

在思考這些的時候，我無意間和舞台上的加賀美蓮四目相接。

我因吃驚而止住呼吸。

當我整個人彷彿石化般僵在原地的時候，他突然閉上了雙眼。

——我不太記得之後發生了什麼事。

電子琴發出最後一個音色之後，隔了半晌，室內響起熱烈的掌聲和歡聲。

方才那段空白，一定是因為大家還沉浸在歌曲的餘韻之中吧。

我也是在周遭發出聲響之後才回神，然後跟著鼓掌。

在高漲的興奮感遲遲無法平息的狀態下，加賀美蓮將麥克風從直立式台座上取下。

難道是安可曲？他願意再獻唱一曲嗎？

混在難掩期待的眾人裡頭，我也不禁心跳加速地仰望舞台上方。

「抱歉喔～我忘記說一件最重要的事。」

聚集體育館內部的所有視線於一身的加賀美蓮露出笑容。

——下一瞬間——

他接著說出讓人錯愕不已的發言。

「在此昭告所有新生！台下那個雙眸濕潤，名為音崎鈴的小天使，將來預計會成為我的女朋友，所以可別對她出手喔～啊！當然，也不可以迷上她。」

站在舞台上的他，還萬分親切地伸手指向我所在的位置。

於是，各式各樣的視線一口氣朝這裡移來。

（這個男人真的差勁到極點！）

我感覺彷彿全身的血液都在倒流。在被暈眩感襲擊的同時，我也湧現一股強烈的似曾相識之感。

沒錯，這個情況——簡直跟去年的文化祭一模一樣。

現在，舞台上的加賀美蓮雖然被眾人稱為王子，但在剛入學的時候，他給人一種幼犬的感覺。

原本身高和我差不多的他，似乎是在黃金週過後一口氣長高。本人也表示過「大概是我的成長期終於到來了吧？」之類的感想。

之後，經過文化祭演唱會的洗禮，部分女孩子開始組織他的後援會。

同時，加賀美蓮他……那個……該怎麼說呢，總之就是突然纏上我。

（那時，我也曾想過自己或許和舞台上的加賀美蓮對上眼了呢。）

雖然不知道實際情況究竟為何，但在後夜祭（註：文化祭之後的營火晚會）的時候，他向我搭話了。

學園的王子殿下，為什麼會找上我這個不起眼的女孩子？

儘管內心百思不得其解，但我還是允諾了他「想要兩人單獨聊聊」的要求。

因為前一刻，我才剛為了他所演唱的「愛哭鬼男友」感動不已啊。

回想起來，這就是一切的開端吧。

「請問……你想跟我說的事情是……」

「我喜歡妳。」

「咦？」

「妳內心應該也已經有答案了吧？」

「……什麼？」

一定是我聽錯了，不然就是整人企畫之類的。

之前從未好好說上幾句話的對象，突然向自己告白，根本莫名其妙。

面對我警戒的態度，加賀美蓮再次以認真的表情提出「讓我們成為男女朋友吧！」這樣的要求。

「可是……等等，為什麼？交往這種事情……」

「我喜歡妳。」

「……那……那個……所以說！好好聽別人講話啦，笨蛋——！」

被他握住手而有些驚慌失措的我，最後幾乎是快哭出來地這麼喊道。
直到千歌湊巧經過附近為止，我們就這樣一直持續著各持己見、不肯退讓的狀態。

在那之後，他就以幾乎和跟蹤狂沒兩樣的方式追著我跑。
升上高二後，我們被分到同一班，讓我更無處可逃了。

最令我頭痛的，就是自己被迫沐浴在周遭視線下的情況。
男生還好，但女生的反應就比較嚴苛了。
為什麼蓮會看上那麼平凡的女孩子？
王子也真是的，她哪裡好了呀？
有好幾次，我都聽到背後傳來這類低聲交談。
拜託，我才想知道理由好嗎！

我自己也壓根不明白呀！

如果能對其他女孩子這麼說，不知道會有多輕鬆呢。

「唉唉～打擊好大喔……我是因為崇拜蓮學長，才會選擇這間學校耶……」

「不過，現在還很難說啊。把他從那個『鈴學姊』身邊搶過來就好了嘛。」

這股騷動延燒到新生之間，讓體育館瞬間變得嘈雜不已。

千歌等人在舞台上努力試圖打圓場的身影，看起來格外遙遠。

我理想的高中生活……平穩祥和的生活……

現在正以驚人的速度逐漸遠離。

這時候，幾近昏厥的我完全沒有料想到……

未來，自己竟然會和加賀美蓮一起展開更加熱鬧、混亂的每一天——

黃金週結束後，教室裡充斥著宛如剛從泳池上岸的慵懶氛圍。
不同於沉重的氣氛，今天窗外依舊是萬里無雲的好天氣。

（我的籤運真的很差耶……）
升上高二第一次的換座位，我抽到了坐在加賀美蓮旁邊這個下下籤。
唯一、同時也是最大的救贖，就是千歌坐在我的前面。

「……千歌，妳今天有辦法來參加社團活動嗎？」
第五節課結束後，我輕拍千歌的肩膀問道。
「對不起，我想不太可能了。我還得替球類大賽做各種準備呢……」
「妳不用道歉呀！畢竟下個月就要舉辦了嘛。啊，有需要幫忙的地方要跟我說喔。」

「鈴～！怎麼會有妳這麼貼心的女孩子呢……！」

「哇啊！等……等一下，千歌……」

跪到椅子上的千歌伸出雙手用力抱緊我。

「俗話說小別勝新婚，所以我們一定也不要緊，對不對？」

「妳怎麼說這種話啊～千歌～這是在挖苦我嗎？」

「咦，這不是蓮嗎？原來你在啊？」

「我在，一直都在！我有加入妳們的對話耶！對吧，鈴？」

我連忙別過頭，然後緊緊揪住千歌西裝外套的衣袖。

「蓮，那就是答案嘍。」

看到千歌以下巴示意，加賀美同學轉頭望向後方。

所謂「愈可怕的東西愈想一探究竟」，所以我也不禁跟著望向坐在窗邊的那個集團。

（她們……看起來果然是在瞪我呢……）

在班上也特別引人注目的這幾個女孩子，是加賀美蓮的粉絲。

後援會裡頭似乎有著「嚴格禁止逕自和王子親近」這種規定。因此，我也時常陷入被

「嚴加告誡」的情況。雖然後援會裡頭也有已經交男朋友的人，但根據她們的說法，追星似乎是另外一回事。

「噯，拜託你稍微顧慮一下好嗎？」

千歌壓低音量，惡狠狠地瞪著造就這種狀況的元凶。

「這我做不到耶～我喜歡鈴是事實啊。如果遮遮掩掩的，妳不覺得更奇怪嗎？」

「啥？你只是把自己的好感強壓在她身上而已吧？我的意思是，你如果真的為鈴著想，就應該考慮時間跟地點再發言！」

雖然說法不同，但我也一直都跟加賀美同學抗議著類似的事情。

然後，得到的答案也一直都是那一個。

「只要鈴願意看著我而不逃避，這樣也可以喔。」

加賀美蓮笑著說出一如往常的台詞，然後探頭過來看著我。

這樣的話，不管多壓低音量說話，根本沒有意義啊。

可想而知的，王子親衛隊成員的原岡同學等人不滿的交談聲也跟著傳來。

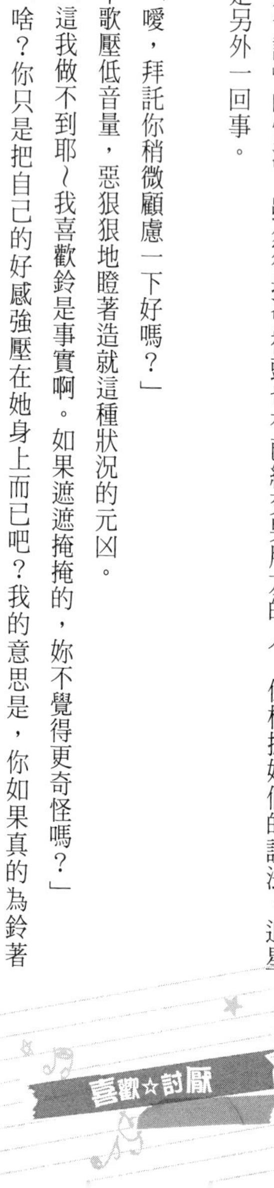

（就算下定決心無視他，到頭來也總會變成這樣呢……）

絲毫不打算讓步的加賀美蓮、和他嚴正抗議的千歌，以及煩惱不已的我。

毫無交集的三人對話，就這樣一直持續到班導踏進教室開朝會為止。

為了趕在加賀美蓮向我攀談之前逃走，我迅速衝到走廊上。

在我快步走向社團教室的途中，擴音器傳來校內廣播的鐘聲。

『——二年一班的音崎鈴。現在馬上到音樂準備教室來一趟。』

就算是透過機器播放出來，那種強勢的魄力似乎也依舊存在。

下達這個指示的人，正是今年春天到我們學校任教，以超級斯巴達的作風聞名的音樂老師芽衣子。

（我為什麼會被傳喚過去啊……？）

雖然想不到可能的理由，我還是急忙趕往她所指定的場所。

我戰戰兢兢地敲了音樂準備教室的門，隨後裡頭傳來一道感覺心情很愉快的聲音。

「請進～」

「打擾了。那個，我是二年一班的音崎鈴……——咦？咦咦？」

正當我打算詢問老師傳喚我的理由時，眼前所浮現的光景卻讓我錯愕不已。

出現在教室裡的，除了芽衣子老師以外，還有不知為何穿著運動服的加賀美同學。

「我等妳好久了，令人期待的新社員！」

芽衣子老師從椅子上起身，以燦爛無比的笑容歡迎我的到來。

因為她穿著高跟鞋，跟加賀美同學差不多高。

（嗯？從這個情況看來……難道新社員是在說我嗎？）

這是怎麼一回事啊？我完全摸不著頭緒耶。

我朝加賀美同學偷瞄一眼，結果他回以一個和老師同樣開心的笑容。

「我已經在入社申請表上的社團顧問同意處簽名了，接下來只要妳再署名就行嘍。」

「請……請問！是要我加入什麼社團呢？」

「當然是輕音社呀。」

「呃，我已經加入家政社了耶……」

「我們學校沒有禁止學生跨社團啊。」

「說得也是……呃，我不是這個意思啦！」

再這樣下去似乎就會被強迫入社，一時情急的我，忍不住大聲吶喊起來。

下一瞬間，芽衣子老師的雙眸散發出危險的光芒。

（怎麼辦，我是不是惹老師生氣了……？）

「嗳，音崎。妳啊……」

「是……是的！」

「不是學鋼琴學了很長一段時間嗎？這樣的話，應該多少也接觸過作曲或編曲吧？」

聽到老師出人意表的發言，我不禁愣了半晌。

看到我勉強點點頭之後，芽衣子老師突然抓住我的雙肩。

「協助加賀美創作新歌吧！在我看來，妳是最適合的人選呢。」

「我……我不行啦！雖說我有學過鋼琴，但其實也只是學好玩的……」

「既然讓我擔任社團顧問，今年的文化祭就絕對要拿下ＭＶＰ！」

「所以，我想藉助妳的能力，鈴。」

「……我認為，加賀美同學的樂團就算維持現況，也足以摘下ＭＶＰ的寶座。如果我加入了，反而只會扯大家的後腿……」

「我就是要鈴。」

那是道令人聽得一清二楚、不帶半點迷惘的聲音。

「不是鈴我不要。不是鈴就不行。」

這樣根本犯規。

站在眼前的，不是那個一如往常的輕浮男，而是露出極為認真表情的加賀美蓮。

在他散發出強烈光芒的清澈雙眸凝視下，我甚至無法移開自己的視線。

「本社團離ＭＶＰ最近的主唱都這麼說了，妳意下如何呢？」

聽到芽衣子老師的聲音，我才宛如解除石化狀態般轉頭。

乾燥的喉嚨擠不出半點聲音。

「……我……我……那個……」

在我猶豫不決的時候，芽衣子老師踩著喀喀作響的高跟鞋轉身面對加賀美蓮。

「那麼，加賀美！就是這麼一回事，你去進行跑步練習吧。」

「了解～鈴，待會兒見嘍。」

加賀美同學朝我眨了眨眼，然後離開音樂教室。

正當我打算追上去時，這次被點到名的人變成我。

「音崎！填寫完入社申請表之後，妳也要換上運動服去跑步喔。」

「咦？那個……可是，我還沒決定要加入……」

「我沒聽到耶。妳剛才說什麼？」

「…………我會誠惶誠恐地在上頭簽下自己的名字。」

♥ ✧ ♥ ✧ ♥

在半強迫下加入輕音社，至今已經過了一個星期。

今天，在勉強結束跑步跟肌力訓練之後，我不禁在視聽教室的地毯上癱坐下來。

這間擁有隔音設備的教室，是Haniwa的練習室。

「哇！好冰……！」

某個冰冷的物體貼上我的臉頰，讓我忍不住縮起身子。

我轉頭一看，加賀美同學帶著一臉爽朗無比的笑容蹲在那裡。

不知何時跑去買自動販賣機的他，手上正拎著寶特瓶。

「妳應該比較想喝水吧？來，請用～」

「……謝謝。」

第一天的時候，我們原本持續著「不用了」、「別客氣嘛」這樣的攻防戰，但在明白加賀美同學完全不會退讓之後，我最近試著率直地接受他的好意。

（這種程度的事情，應該沒關係吧……？）

我可沒有對他卸下心房。因為接下來就要開始勞動大腦，我只是在省電模式中罷了。

「啊，有股好香的味道呢。今天做的是什麼啊？」

為了散熱而打開窗戶後，加賀美同學突然將上半身探出窗外。

因為有點在意，我也打開旁邊的窗戶，然後探出頭。

「……我想應該是乳酪蛋糕吧。加了白起司的那種。」

「白起司？呃，那是什麼來著？」

「法文是Fromage Blanc，印象中經常用來製作蛋糕之類的點心。也可以像優格那樣搭

配水果或果醬直接吃。」

「是喔。我好像沒吃過呢。」

「文化祭的時候，來我們社團的攤位就吃得到喔。還是你要現在就預訂？」

「那就萬事拜託了。」

聽到加賀美同學毫不猶豫地這麼要求，我連忙拿出自己的手機。

為了避免忘記，就先記在手機裡吧。等一下再跟社長告知一聲。

要是沒把這個當一回事，感覺他就太可憐了呢。

（反正這樣也能提升社團的營業額，所以無所謂吧？）

「…………鈴……鈴？」

「怎麼了？等一下，我快打完了。」

「不行，我等不及了！」

「咦？等一……哇啊啊啊啊！」

加賀美圓瞪著雙眼朝我的手機撲過來。

說得更正確一點，是朝我粉紅色的手機吊飾撲過來。

「這是『喜歡☆討厭』的心動百分百吊飾？只能透過名額超有限的抽獎活動入手的夢幻逸品……！」

「……對……對啊。你很清楚嘛。」

儘管有些退避三舍，我仍然點了點頭。

這個設計成護身符造型、上頭有著熊貓和白熊圖案的吊飾，以兩個為一組。一個藍色，一個粉紅色。

它們的名稱分別是「現充吊飾」和「心動百分百吊飾」。

「有心動百分百吊飾，就代表妳也有現充吊飾吧？妳已經送人了嗎？如果還沒，就送給我吧！要是不小心給了別人，我就馬上去討回來……」

「我才不會上你的當！關於這個吊飾的傳說，我也很清楚呢！據說只要在告白時將吊飾送給對方，就能夠永遠心動百分百，然後變成現充嘛！」

劈哩啪啦地說出一長串話之後，我們倆都有些上氣不接下氣。

我從加賀美同學手上拿回手機，像是正在跟他比劃的劍豪般，小心翼翼地拉開距離。

片刻後，加賀美同學大概是放棄了吧。他解除咄咄逼人的氣勢開口：

「……妳很在意家政社那邊的情況吧？」

「你不用露出一臉愧疚的表情啦，很假耶。比起這個，緩和運動也做得差不多了。所以，我們趕快完成曲子吧。」

「咦，怎麼，感覺妳幹勁十足耶～就這麼不喜歡跟我待在一起嗎？」

「我可以赤裸裸、坦蕩蕩地回答你嗎？」

「鈴，妳真的好～冷～淡～喔～」

加賀美同學略為不滿地鼓起腮幫子，但我可無暇顧及他的反應。

來自親衛隊的視線一天比一天銳利。「在曲子完成後，我就沒有利用價值了」這樣的

HoneyWorks
HoneyWorks

事實，算是唯一能保護我的東西。

（如果其他成員可以一起參與，情況應該會不一樣。可是……）

他們似乎習於在演唱會前夕集中活動，平常一個星期大概只會聚集一次。

而在加賀美同學進入歌曲創作的階段後，其他人就會進行自主練習。

「……在作曲的時候，你不會想跟別人討論嗎？」

「所以我才拜託妳協助我啊。」

「不是啦，我是問你怎麼不找樂團成員幫忙？」

「我都是在曲子完成後，才會跟他們討論編曲之類的問題。」

「這次不能也這樣做嗎？」

「之前不是說過了嗎？我想拿ＭＶＰ啊。如果只是循之前的做法，就沒意義了。」

（既然如此，從作曲的階段就跟樂團成員一起進行，這樣不就好了嗎……）

而且，他跟貝斯手弦卷奏音感覺也是很好的朋友。

比起我，弦卷同學的想法應該跟加賀美同學更合拍。更何況，他又是隨時能踏上舞台的戰力。

「……噯，為什麼是我？」

「因為，在新歌的主題浮現之後，我就覺得一定得找妳才行呢。」

不知何時，加賀美同學來到相當靠近我的距離。

我在他清澈的雙眸中看見了自己的倒影。

我沒有移開視線，屏息等待著他的下一句發言。

隨後，加賀美同學的雙唇緩緩動了起來——

「在此公開！這次的新歌主題就是『戀愛』。」

「做不到。」

「咦，竟然馬上駁回？妳再認真考慮一下嘛。」

「做不到就是做不到。再說，我連初戀的經驗……都沒有……」

說著，我感覺自己的臉瞬間失去血色。

糟透了。我居然把自己還沒經歷過初戀的事情說溜嘴。一定會被他調侃啦！

「……妳剛才說的是真的嗎？」

低垂著頭的我，聽到加賀美同學平靜地提問。

（感覺……不是在調侃我，而是嚇到了，還因此反感……？）

糟糕。這樣的話，或許用搞笑的方式來帶過這件事比較好。

「對啊，怎樣？」

「……是嗎，這樣啊……」

（不不不，你這時候要順勢接話才對啊！）

我不禁想吐嘈，但感覺加賀美同學並沒有想要嘲弄我的意思。

就算是他，在這方面或許也比較纖細吧。

「那麼，要不要選我當妳的初戀對象呢？」

我撤回前言。他是個輕浮男，不折不扣的輕浮男。

我深呼吸一口氣，然後堅定自己的立場。

「做不到。絕對做不到。無論如何都做不到！」

「哼哼哼……愈是難以攻陷的對象，愈會讓人燃起鬥志呢～」

（認真問他的我根本是白痴……！）

因為過去我一直躲著他，因此，我其實不太了解加賀美同學這個人。

也是直到最近，才比較有機會跟他聊上幾句。

所以，我真的不明白。這些發言到底只是順勢說出口，抑或是惡作劇……？

他為什麼會執著於我呢？

（……別在意、別在意。忍耐到文化祭為止就行了。）

我這麼說服自己，然後開始彈奏電子琴。

開始幫忙創作新歌之後，我在加賀美同學身上發現幾件事。

例如他真的十分喜歡唱歌。

而且很不服輸。就算沒人從旁盯著，他仍會確實練習，絕不會草草了事。

至於最讓我震撼的一件事……

就是！加賀美同學竟然是以隨意哼歌的方式來作曲！

「怎樣才能把隨興哼出來的旋律變成那麼棒的曲子啊？」

「我會用錄音機錄下來，然後讓奏音他們聽，再實際譜成曲子。」

放學後，在這個已經讓我相當熟悉的視聽教室裡頭，加賀美同學若無其事地回答。

看到我目瞪口呆的反應，他又繼續說道：

「鈴，妳有絕對音感對吧？如果把我哼出來的旋律弄成譜面，由妳當場照著樂譜彈奏電子琴，再把彈出來的曲子錄下來的話，我覺得奏音他們應該也會比較好練習呢～」

「……你是真的以ＭＶＰ為目標耶。」

「那當然嘍！我也明白光是憑藉氣勢，恐怕很難爭取家長支持的一票。」

「對喔，因為家長的投票數會以兩倍來計算嘛。」

「所以，有舉辦展覽的班級會比較有利。另外，像管樂社、話劇社都是常勝軍。」

「不過，你們去年不是有獲得表揚嗎？」

「我們有拿到特別獎啊～因為得到了最多在校生的票數。」

原來如此。所以，這讓他更不甘心，這次才會這麼拚命啊。

然而，對加賀美同學來說，原因似乎不只是如此。

「而且，未來她……輕音社唯一一次拿到ＭＶＰ，就是在她領軍的那一屆呢。」

「咦？你直接叫她的名字，沒有稱她為『學姊』啊，加賀美同學？」

我不經意地這麼問道。

然而，化為言語說出口之後，我的心猛然抽動了一下。

加賀美同學則是很罕見地沉默下來。

「呃，那個……我不是說省略敬稱的行為不對喔。只是，聽你的語氣，感覺你好像有跟未來學姊見過面，所以我有點在意。」

「……我有見過她喔。」

「是……是喔……果然是在文化祭之類的活動上嗎？因為我們入學的時候，未來學姊就已經在東京出道了嘛。」

「應該說，我跟未來原本就認識。我們是鄰居。」

腦海裡原本缺了一塊的拼圖，現在湊齊了。

兩人原本就認識。未來學姊將「愛哭鬼男友」這首歌託付給加賀美同學。

隨後，像是企圖傳承下去似地，加賀美同學也想在文化祭拿下ＭＶＰ。

（既然這樣，那又為什麼……）

為什麼要讓這樣的我加入社團呢？

他為什麼會要求我幫忙創作用來爭取ＭＶＰ的歌曲？

我真的能夠勝任嗎？

「……讓我來幫忙真的可以嗎？選別人會比較好吧？」

「啥？等等，妳說別人，是指找別人來作曲嗎？」

「我是未來學姊的粉絲。所以，除了『愛哭鬼男友』以外，我也知道她創作過許許多多很棒的歌曲，同時覺得她拿到ＭＶＰ是理所當然的事情。」

「所以，為了不輸給這樣的未來……」

「加賀美同學。我覺得你創作的歌曲，還有你的歌聲都很出色，不會輸給未來學姊。不過，你追求的是比現在更高的境界吧？既然這樣，你應該拜託能更積極為作曲貢獻意見的人幫忙才對。」

（對我來說……這果然還是太勉強了……）

我努力按捺著想馬上逃離這裡的衝動，默默等待加賀美同學開口回應。

牆上時鐘傳來的滴答聲格外清晰。

不知道過了多久時間，加賀美同學緩緩地、一個字一個字地這麼回答：

「我創作的曲子少了某些東西……然後，我發現妳擁有這些東西。」

「而且，我很喜歡妳的歌聲喔，鈴。每當我哼歌的時候，聽到妳在一旁跟著唱，我就好想跟妳一起站上舞台。」

加賀美同學認真的眼神，比之前那些輕佻的「告白」更加強而有力。

如果能夠表示贊同，我也很希望這麼做。

可是，我明白自己並沒有能力回應加賀美同學的期望。

「我已經把自己的心意說出來了，接下來，能讓我聽聽妳的嗎，鈴？」

「……我……——」

「蓮，你在裡頭嗎？」

視聽教室的門突然被人打開，貝斯手弦卷同學接著探出頭來。

他或許是瞬間察覺到教室裡嚴肅的氣氛，抬起單邊眉毛露出不解的表情。

「抱歉，打擾到你們了？」

「就是啊～奏音，你該不會也看上鈴……」

「別把我跟你混為一談啦，笨蛋。你忘記東西了。」

「咦咦～？以冰山美人為賣點的奏音同學竟會如此親切？」

「什麼跟什麼啊……不過，我拿東西過來給你的確只是順便而已。」

「看吧，我就知道！鈴的確是全世界……不對，是整個宇宙最可愛的女孩子沒錯

啦！」

「你完全會錯意了。芽衣子老師在外面的走廊上。她在找你喔，雖然不知道是為了什麼事。」

「你以為這種話騙得了…………啥啊啊！你喔，幹嘛不早點說啊！」

聽到芽衣子老師的名字，加賀美同學隨即臉色大變。

看著他慌忙衝出視聽教室的背影，我和弦卷同學不禁一起嘆了口氣。

「那傢伙真是……抱歉喔，吵吵鬧鬧的。」

「我好像也已經習慣了呢。」

「哦……看妳能這樣有話直說，我也放心了。那麼，我就單刀直入地問妳……那傢伙的狀況如何？他在作曲的時候，整個人會變得超級神經質呢，所以我有點擔心。」

「……這樣呀。」

總覺得有些意外耶，跟我所認識的加賀美同學彷彿是完全不同的人。

（要不要再多問他一點呢……）

在我猶豫的時候，走廊上傳來全力奔跑的腳步聲。

正當我湧現「應該是他」的想法時，加賀美同學用力打開教室大門，然後氣喘吁吁地喊道：

「好啦，到此為止！鈴是我的！豈能讓她跟你這種悶騷眼鏡男獨處！」

「這句話裡頭，只有我戴著眼鏡的部分是正確的呢。」

「加賀美同學的妄想症好像進展到末期了。」

「好過分，太過分了吧！怎麼連鈴都這樣啊啊啊～！」

弦卷同學離開之後，我們又再次投入作曲之中。

雖然還有很多地方都模模糊糊的，然而，一旦將旋律彈奏出來，就完全無暇顧及這些了。感覺整個腦袋都被淨空，無法思考曲子以外的事情。

最後，我們的作業一直持續到芽衣子老師來探視情況為止。

（怎麼辦，他今天也在……）

明明已經從腳踏車停車場牽回自己的車子，但加賀美同學卻遲遲沒有騎上去，而是等待我的到來。

其實，從入社那天以來，無論我怎麼拒絕，他都堅持要送我到車站。

我要去的車站明明跟他反方向啊。

「鈴，妳肚子餓不餓？我們去哪兒逛逛吧？」

「……我要另外繞去一個地方，所以明天見。」

「等一下！噯，發生什麼事了？還是說我做錯了什麼？」

我露出若無其事的表情，沉默著搖了搖頭。

「那就讓我送妳到車站吧。我會等到妳事情忙完。」

或許覺得只有口頭表示還不夠，加賀美同學決定付諸行動。

他揪住我的手腕，讓我不得不在原地停下腳步。

「我怎麼能讓女孩子在這種時間一個人回家呢。」

我望著地面，再次搖了搖頭。

「鈴，妳是怕太麻煩我嗎？不用這麼客氣啦，只是我自己想這麼做而已啊。」

我沒有做出任何回應，加賀美同學繼續說：

「……不然，這麼辦好了。想答謝我的話，就叫我的名字吧？」

「啊？」

「太好了，妳終於願意跟我說話了……」

那是我不曾聽過的、他放下心中大石的嗓音。

我吃驚地抬起頭，但因為背光的關係，我無法看清楚加賀美同學臉上的表情。

「噯，妳不願意叫我的名字嗎？」

像是不再允許沉默以對的行為，加賀美同學握著我的手比方才更用力一些。

（……他的手好大喔……）

我明白現在不是抒發這種感想的時候。

可是，這就是率先浮現在腦海中的字句。

感受到雙手觸及的部分逐漸開始發熱之後，我不禁尖聲回應：

「我……我會叫啦，所以放開我！」

「那麼，請吧。」

（咦？他不打算先放開我的手嗎……）

或許他是覺得先放手的話，我可能會拔腿就逃吧。

「嗳，鈴？可以了嗎？」

「……蓮……蓮……蓮同學……」

我說了。我說出來了。

心臟彷彿快迸出來似地怦怦狂跳。胸口好痛，呼吸好困難。真是糟糕透了。

（之後，我該用什麼樣的表情跟他說話啊……）

我悄悄窺探蓮同學的反應，發現他正用另一隻手掩著臉。

「蓮同學？你怎麼了？」

「……啊，嗯……該說破壞力似乎比我想像得還要強大嗎……」

「破壞力？」

「嗚哇，抱歉！結果我一直握著妳的手呢……」

這段對話有點牛頭不對馬嘴，但蓮同學還是依照約定放開了我的手。

隨後，他像是得了感冒般搖搖晃晃地邁開腳步，牽著自行車走向下坡。

（唉唉……結果還是得一起走到車站啊。）

話雖這麼說，但要我丟下感覺不太對勁的蓮同學自己回去，實在也於心不忍。

明明是早就走習慣的通學路線，他卻數度差點被極其普通的路面高低差絆倒。

而且還一語不發。

頂多偶爾像是突然想起什麼似地開口而已。

「……對了，妳說要另外繞去哪裡？」

（糟糕，他還記得啊？事到如今，也不能跟他說那是我編的藉口……）

我盡可能若無其事地游移視線，然後指向某間店家回答：

「那邊的……對，就是那間新開的生活用品店！」

「哦～什麼時候多了這間……咦，他們已經在做打烊準備了嘛！快點過去吧。」

「等……等等，蓮同學！不要拉我的手啊……！」

幸好，我們不消五分鐘便抵達了店門口。

我真的有種撿回一條小命的感覺。

「鈴？妳不進去店裡面逛嗎？」

「店員應該都忙著準備關店了吧，今天還是先不要了……」

在回應蓮同學的時候，我的視線仍無法從窗邊展示的那條項鍊上頭移開。

是水晶嗎？整體看起來偏白色，但從不同角度觀察的話，又會發出七彩光芒。

「是彩虹水晶呢。」

「好厲害！你知道這是什麼啊，蓮同學？」

「剛剛才知道的。妳看，產品介紹卡上面有說明啊。」

「什麼啊，虧我還有點佩服……不對！你怎麼知道我在看那個……」

「因為妳一直盯著它看啊。妳想要那個嗎，鈴？」

「不想！」

感覺雙頰發燙到快要燒起來的我，加快腳步通過這間店的外頭。

蓮同學若無其事地追上我的腳步，然後以懶洋洋的語氣問道：

「就老實說出來嘛～妳剛才明明緊盯著它看啊。」
「……你有看到售價嗎？天然水晶就算只有那麼小顆，也都要萬圓起跳呢。」
「咦！不過，妳很清楚呢。看來妳果然很喜歡那一類的東西？」
「不用你提醒，我也知道自己不適合那種飾品。」
「妳在說什麼啊？……鈴，感覺妳對自己有點嚴苛耶。」
「才沒這回事。」
「這句話我可要原封不動地還給妳喔～那條項鍊絕對很適合妳，我可以保證。」
為什麼蓮同學能夠自信滿滿地說這種話？
為什麼我會覺得有點開心？
我隔著制服襯衫按住自己狂跳不已的心臟，一邊祈禱自己的聲音不要僵硬發抖，一邊開口回應：
「……就算有你保證也沒用吧～」

「好過分～！別看我這樣，我的審美觀其實還不錯耶！」

「嗯，勉強還可以啦……」

「鈴，重點不是這部分才對吧？」

我以像是對社長或千歌說話的語氣調侃他之後，蓮同學也跟我一來一往地鬥起嘴。

（……什麼嘛，早知道這樣跟他相處就好了啊……）

掌握到這種恰到好處的距離感之後，兩人之間的對話也變得開心多了。

甚至開心到讓我覺得走到車站的時間一轉眼就過去了。

短袖取代了長袖。夜晚變得短暫，白晝變得漫長。

在一個星期只會露臉一次的輕音社逐漸成為我熟悉的場所時，暑假到來了。

「咦！蓮同學，你開始打工了？」

結束社團活動後，繞到甜甜圈店的我聽到蓮同學這麼表示，不禁提高了音量回應。

坐在我對面的他，連忙用食指抵住嘴唇「噓～」了一聲。

「對不起，因為我嚇了一跳……要打工又要忙社團，不是很辛苦嗎？」

「不會不會～因為只有暑假打工嘛。比起這個，明天我們來約會吧？」

「滋滋！」

因為吃驚而讓吸管發出奇怪的聲響。呃，雖然是我造成的就是了。

而另一名當事人蓮同學，則是一副游刃有餘到令人生氣的表情。

「妳的餐桌禮儀不太好喔～是說，妳的反應也太大了吧？」

「約會……這……就算你突然這麼說……」

「果然會困擾呢，畢竟女孩子好像都需要做很多準備嘛。不過，不要緊！明天只是受芽衣子老師等人的委託，要去幫忙買東西而已。」

「……什麼？」

「也就是說，雖然我覺得是約會，但就一般情況而言，應該算是『跑腿』吧～」

這是要找我吵架嗎？嗯，他確實是想找我吵架吧。

在一旁樂不可支地看著我變得手足無措，一定就是他的目的。

「你自己一個人去吧。」

「抱歉、抱歉。妳不喜歡『跑腿』這種說法嗎？」

「如果你纖細的雙臂提不動買回來的東西，我倒是可以去幫忙啦。」

「我怕妳一聽到要跟我單獨外出，就會因為過度意識而拒絕嘛～」

「啥？才不會發生那種事！明天幾點？在哪裡集合？」

「不愧是鈴，真好溝通呢～那我們早上十點在車站外頭見吧。」

❤ ✧ ❤ ✧ ❤

（可以的話，我真想馬上向後轉然後回家……）

隔天，在車站前方的人群中看到穿便服的蓮同學，我瞬間湧現了這股強烈的念頭。

「鈴，妳這件連身裙很可愛喔。非常適合妳。」

「……感謝。」

「啊哈哈！為什麼這麼僵硬啊？難道妳在害羞嗎？」

面對心情絕佳地露出笑容的蓮同學，我回以怨懟到極點的眼神。

雖然這可能不是恭維話，但聽在我耳裡，就只是挖苦而已。

要說目前的情況……就是周圍的視線都集中在蓮同學的身上。

穿著緹花樣式的休閒衫，再俐落披上七分袖外套的他，不分男女老幼都會回眸顧盼。

（蓮同學感覺毫不在意這種事呢……）

或許是已經習慣受到矚目了吧。他走路的樣子看起來稀鬆平常。

應該說，他的心情甚至愉悅到只差沒邊走邊哼歌了。

「我們這樣走在一起，好像有點像新婚夫妻耶。」

「夢話還是睡覺時再說吧。」

「要住的話，我覺得澀谷的松濤附近不錯呢。然後小孩要生三個！」

「好，請你咬緊牙根吧。」

「咦咦～？為什麼妳只有這種時候才會露出滿面笑容啊？」

面對發出軟弱抗議聲的蓮同學，我以打算將他丟在原地的氣魄轉身背對車站，然後奮力邁開步伐。

然而，遺憾的是，我並不知道今天的目的地在哪裡。

「……你說幫忙跑腿，是要去哪裡拿什麼東西？」

「要去樂器行拿芽衣子老師的指揮棒、奏音的彈片，還有……還有什麼來著？我記得有帶收據過來……咦？放到哪裡去了？」

在蓮同學翻找外套內外側的時候，我發現有紙片從哈倫褲後方的口袋露出來。他是為了緩和氣氛在搞笑嗎？

在一瞬間的迷惘之後，我伸手抽出那張紙片。

「不是外套，在褲子後面的口袋。」

「咦？謝……謝謝妳……那我們就重新整頓心情，然後出發吧。」

「去哪裡？」

「去我們愛的小窩！」

有完沒完啊！

我原本打算這麼吐嘈，但在看到蓮同學滿臉通紅的反應後，我將這句話吞了回去。

仔細一看，他連耳朵和脖子都紅通通的。

「……要不要先去哪裡喝點東西？你還是稍微冷靜一下比較好吧？」

「咦，要我冷靜？妳好過分喔，鈴～」

「我說啊，我是真的在擔心你耶！」

「擔心我！鈴在擔心我嗎！怎麼辦，我都要喜極而泣了……」

不行。我們的對話比平常更沒有交集。

（話雖這麼說，感覺他也不是故意答非所問呢。）

該怎麼說呢……好像有種輕飄飄的感覺？

心不在焉、魂不守舍、坐立不安？

「總之，我們先完成跑腿的任務吧。之後再找個地方坐下來喝東西。」

蓮同學整頓好心情，然後精神抖擻地踏出腳步。

現在也是，究竟是他本來就有點迷糊，又或者這次真的是在等我開口吐嘈呢？我們的目的地是樂器行，而店家設立的招牌，位於跟蓮同學的前進方向完全相反之處。

「那個，蓮同學……樂器行好像在反方向喔。」

「咦？騙人，怎麼會這樣？」

「……嗳……」

「來，我跟妳換位置～」

正當我想提議乾脆改天再來的時候，我的話卻遭打斷。

蓮同學不由分說地推著我的雙肩，讓我移動到他的右側。

「為什麼？」

「沒有為什麼啊～」

儘管蓮同學不可能沒察覺到我微微的不滿，但他仍然一副事不關己的態度。

不過，我隨即明白他這麼做的用意。

（我剛才走在靠近馬路的那一側呢……）

之後，蓮同學持續表現出有時體貼、有時卻又很可疑的行為舉止。

我原本以為他是希望我能幫忙提東西，才會約我一起來，可是，最後卻都是蓮同學一個人負責拿。而且，就連進出店家時，他都堅持要替我開門和關門。

（這樣感覺好像真的在約會……）

因為太欠缺真實感，就連途中跟他聊了些什麼，我都幾乎不復記憶。

回到車站外頭的時候，我在內心暗自鬆了一口氣。

「辛苦了。今天謝謝妳陪我一起出來。」

「我才應該跟你說辛苦了。對不起，東西幾乎都是你在提。」

「這個就不用刻意說出來啦。不過，妳這種正經八百的地方，我也很喜歡呢。」

「……！」

（討厭，剛才應該笑著帶過才對的……）

在出言調侃我之後，不知為何，蓮同學轉而露出認真的神情。

正當我為了突然改變的氣氛困惑時，蓮同學輕聲咳了幾下。

「……我……有一樣東西想要給妳。」

說著，蓮同學從外套口袋中掏出一個繫著緞帶的小盒子。

他將小盒子遞給我，以視線催促我收下。

面對只是愣在原地的我，最後，蓮同學將小盒子直接放上我的掌心。

「打開看看吧。」

我有在連續劇看過這種橋段。

不過，我萬萬沒想到這也會發生在自己身上。而且對方還是蓮同學。

（快平靜下來啊，我的心臟……！）

反正最後一定是什麼搞笑的結果才對。

我試著這麼說服自己產生天大誤會的心臟，緩緩解開盒子外頭的緞帶。

然而，看到內容物的瞬間，我的心跳得更快了。

「這是……」

「彩虹水晶。如果是項鍊，應該就不會被老師抓去約談了吧。」

蓮同學像是公開了某個小祕密一般露出輕柔的笑容。

（難道他開始打工是因為……原來蓮同學想要的東西是……）

好開心。這是我真正的感受。

然而，同時卻也有種坐立不安的感覺。

「謝謝。你這份心意真的讓我很開心。可是……」

「……可是？」

「該怎麼說……朋友之間送這種禮物，好像太高級了一點。」

「噢，原來如此……」

蓮同學的嗓音在毫無預警的狀況下變得低沉。

（我是不是說錯什麼了……？）

「鈴，妳喜歡我嗎？還是討厭我呢？」

在這個時間點問這種問題？

說不出半句話的我，只能愣愣凝視眼前的他。

只有剛才那瞬間是認真的語氣，下一刻，他臉上就會浮現以往那個平易近人的笑容。以及一如往常的輕浮告白。

就跟以前一樣吧……？

是這樣對吧？

（倘若是加入社團之前，我一定能毫不猶豫地回答出「討厭」……）

跟蓮同學兩人一起作曲的這些日子，讓我發現他除了輕浮男以外的各種模樣。也明白到我們如果當朋友，說不定其實很意氣相投的事實。

那麼，現在呢？

「喜歡」跟「討厭」。兩者的差異究竟是什麼？

真要說的話，戀愛又是什麼樣的感覺？

「——抱歉，讓妳困擾了。」

不知經過了多久的時間，我聽到蓮同學的聲音。

我這才驚覺，自己剛才似乎完全傻在原地。

「呃……我……那個……」

「妳不用現在勉強回答我喔。真的不需要在意。沒關係的，我只要能待在妳的身邊就夠了。」

❤ ✧ ❤ ✧ ❤

那一天，我不記得自己是怎麼回到家的。

回過神來，我發現自己連晚餐都沒吃，只是獨自待在一片漆黑的房裡，躺在床上。

（一切都好像夢境似的……）

不過，在掌心散發著光芒的彩虹水晶，持續主張著「這不是一場夢」。

（喜歡或討厭……不行，我完全搞不懂啊……）

我唯一能明白的，是胸口緩緩湧現的一股熱度。

而心跳聲也彷彿想要表達什麼一般，分外地清晰。

甜美，卻又苦澀……

這種感覺到底是怎麼一回事？

跟蓮同學一起外出之後，已經過了一個星期。

自那天以來，我暫時沒有到輕音社露臉。

不知道是智慧熱，又或是在盛夏感冒的緣故……總之，一直昏睡的我，持續著足不出戶的狀態。

我用簡訊向芽衣子老師報告原委之後，蓮同學馬上捎來了聯絡。

我不記得有跟他說過我的手機號碼，所以，大概是向老師問來的吧。

『這邊的情況不要緊。妳不用在意，記得好好休息喔～！

啊，也不用回我簡訊嘍。』

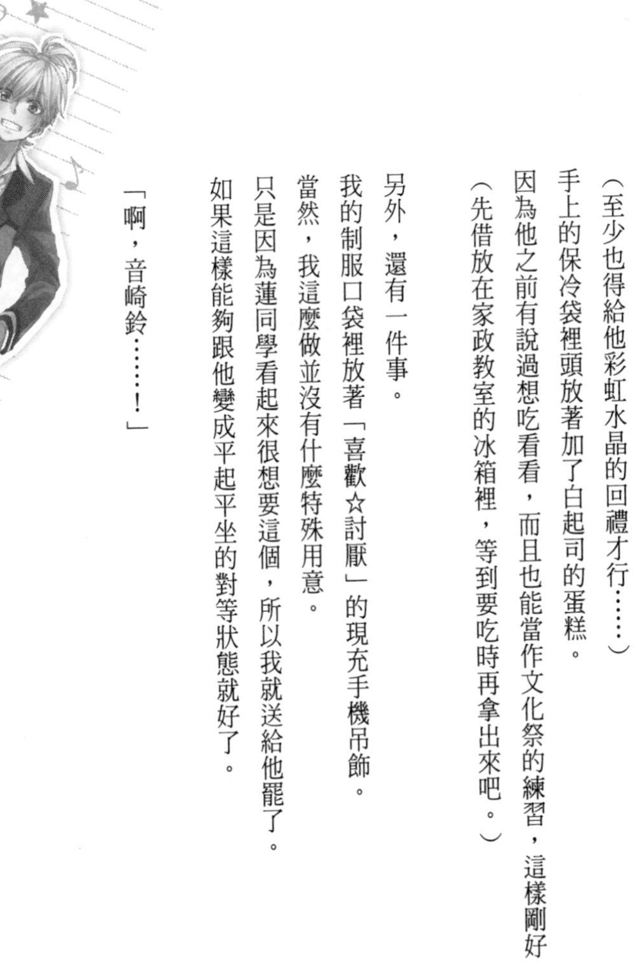

我承蒙他的好意，把一切都拋諸腦後，就這樣迎接了開學日到來。

（至少也得給他彩虹水晶的回禮才行……）

手上的保冷袋裡頭放著加了白起司的蛋糕。

因為他之前有說過想吃看看，而且也能當作文化祭的練習，這樣剛好。

（先借放在家政教室的冰箱裡，等到要吃時再拿出來吧。）

另外，還有一件事。

我的制服口袋裡放著「喜歡☆討厭」的現充手機吊飾。

當然，我這麼做並沒有什麼特殊用意。

只是因為蓮同學看起來很想要這個，所以我就送給他罷了。

如果這樣能夠跟他變成平起平坐的對等狀態就好了。

「啊，音崎鈴……！」

通過校門口的時候，後方傳來呼喚我的人聲。

我反射性地轉頭，但在看到對方的瞬間，我就後悔了。

出現在眼前的，是蓮同學的親衛隊成員。原岡同學等人也在內。

（嗚哇，又被瞪了……）

我慌忙轉身面向前方，但卻接著聽到四周傳來交頭接耳的討論聲。發現自己幾乎被人牆團團圍住之後，我不禁輕輕發出尖叫聲。

裡頭也有我不認識的人。似乎連高三和高一的學生都有。

「噯，那個傳聞是真的嗎？跟王子約會的人，真的是音崎學姊？」

「好像有人看見他們兩個一起走在車站附近……」

「蓮學弟終於還是交女朋友了嗎～」

聽到她們妳一言我一句的內容，我彷彿被人從頭上澆下一桶冷水。

（被看到了……怎麼會……）

我們只是幫社團跑腿而已！我們沒有在交往！

儘管我想開口化解誤會，但身子卻止不住顫抖。

（我只是想過著平靜的生活而已……為什麼……）

周遭的視線宛如毒針般刺入我的身體，讓我回想起那段不愉快的過往。

那是在我國中時期發生的事情。

當時的我，比現在更不了解戀愛，在這方面也更為遲鈍。所以，無論是男生或女生，我都用相同的態度來對待。而那似乎就是讓我遭受攻訐的原因。

有人說我到處示好。有人說我八面玲瓏。

聽到這些讓人目瞪口呆的攻擊言論之後，我才發現一件事。

想要安穩度日，就不能過度引人注目。

尤其不能隨隨便便跟男孩子走得太近。

「這太搞笑了吧！那個傳聞絕對是認錯人了啦。」

「對啊，蓮同學怎麼可能跟一個平凡不起眼的女孩子交往呢。」

原岡同學一行人從呆立在原地的我身旁走過，並笑著否認這個傳聞。

於是，其他人也紛紛跟著做出「這麼一說也是……」的結論。

（太好了。這樣就好……）

這樣真的好嗎？

就算現在能夠澄清誤會，但傳聞本身不見得會就此煙消雲散。

可是，這樣一來……究竟該怎麼做才好？

一一向大家解釋？這麼做的話，就算我所言都是事實，感覺好像也只會招來反效果。

（除了跟蓮同學保持距離以外，果然沒有其他辦法了嗎？）

在得不出答案的情況下，我拖著沉重的腳步走向教室。

千歌擔心地問我感冒是不是還沒痊癒。然而現在的我，也只能笑著搖搖頭帶過。

在班會時間，原岡同學等人也一直對我投以尖銳的視線。
儘管如此，她們並沒有開口說些什麼。但這樣反而更令人心生畏懼。
雖然我也感覺到坐在旁邊的蓮同學的視線，但不可思議的是，他並沒有跟我攀談。
說不定，今天的他很罕見地察覺到這股異樣的氣氛了。

（看樣子，今天還是不要過去輕音社會比較好吧……）
冰箱裡的白起司蛋糕，之後就拿給千歌和其他學生會成員吃好了。
放學鐘聲響起的瞬間，我像是逃難般奔向家政教室。

將蛋糕放到保冷袋裡頭時，家政教室的門突然打開了。
我原本以為是社長，但抬頭一看，出乎意料的一群人虎視眈眈地站在門口。
「妳現在有空嗎？我們想跟妳談一下。」

「……原岡同學……」

她的身後則是熟面孔的那四個女生。

甚至還有從走廊上朝這裡窺探的集團。

「我就單刀直入地問了。散播那個傳聞的人是妳嗎？」

「咦……」

我一瞬間無法理解她在說什麼。

無視我一頭霧水的反應，親衛隊成員接二連三地對我開砲。

「我們已經多次給妳忠告了吧？王子是屬於大家的，妳最好收斂一點喔。」

「妳以為自己配得上王子嗎？會不會太得意忘形啦？」

「就是啊～因為是芽衣子老師主動邀約，我們才對妳加入輕音社一事睜一隻眼閉一隻眼耶。」

「是說，王子是哪根筋不對呀？這種女孩子哪裡好了……」

「我也覺得最近的蓮同學變得有種傻氣又不得要領的感覺耶。」

「啊，我懂！他的賣點應該是『帥氣又帶點虐待狂氣質的王子殿下』才對嘛～」

（為什麼……？為什麼連蓮同學都要被拖下水？）

這麼想的瞬間，我以連自己都吃驚不已的音量大喊出聲：

「不要說蓮同學的壞話！」

「……啥……啥啊？真要說的話，是去糾纏王子的妳不對吧？」

聽到原岡同學的反擊，親衛隊成員們也跟著猛點頭。

這次換成我啞口無言了。

（呃……？我什麼時候去糾纏蓮同學了啊？）

不管怎麼跟這群人說明，她們恐怕都聽不進去吧。

而且，她們或許打從一開始，就沒有半點聽我解釋的意思。

「啊哈哈！好誇張的歪理喔。」

彷彿想將沉重的氣氛一掃而空似地，蓮同學嘹亮的嗓音從走廊上傳來。

我能感覺到，在現場的所有人，都因蓮同學有些不同於以往的表現而感到困惑。

（蓮同學……？）

至於剛才還在說他壞話的原岡同學等人，臉色更是一下子變得慘白。

「我倒比較希望妳們能收斂一點呢。當然，妳們願意支持Haniwa，我覺得相當開心，而且，我也希望樂團能夠回應妳們的期待……」

蓮同學的語氣突然變得很溫柔。他輪流看著親衛隊的每一個女孩子開口。

就好像在演唱會舞台上說話時一樣。

「不過，我想這是個人隱私問題吧？不管我喜歡誰，或是別人用什麼樣的態度對待我，應該都跟妳們無關啊？我希望妳們不要再干涉這種事了耶～」

「可……可是！你讀國中的時候，不是曾經跟未來學姊交往過嗎，蓮同學？」

「你現在仍然喜歡著未來學姊對吧？」

她們……剛才說什麼？

未來學姊跟蓮同學以前交往過？

「這件事是真的嗎？」

原岡同學詫異地詢問一名在遠處觀望的高一學妹。

後者重重點了點頭，並表示「我是聽姊姊說的」。

隨後，現場掀起一陣不小的騷動。

可是，對我來說，這一切都像是某個遙遠世界發生的事情……

回過神來，我發現自己拔腿跑了出去。

後方傳來蓮同學呼喚我的聲音，但我連回頭看他的餘力都沒有。

總覺得……真的像個笨蛋一樣。

我還認真地思考這是不是男女之間的喜歡……

喜歡？討厭？

直到目前為止，蓮同學不是也常把這些字眼掛在嘴邊嗎？

那只是朋友之間的玩笑罷了。

如果曾經跟未來學姊那樣的女孩子交往過，怎麼可能會喜歡上我呢。

一個是傳說的歌姬，一個是只會彈一點鋼琴，毫不起眼的女孩子。

根本無從比較啊。

「……得快點把這個拿去給千歌。」

裝著白起司蛋糕的保冷袋，現在感覺格外沉重。

♥ ✧ ♥ ✧ ♥

不到一個星期後，新學期開始了。

我仍然無法直視蓮同學的臉。

換座位後，我們分別被安排到窗邊和靠走廊的位置，閒言閒語似乎因此少了許多。

（不過，恐怕無法一直這樣下去吧……）

明天就要開始上新學期的課程了，社團活動同樣會正式展開。

目前，新歌只剩下作詞和編曲的部分而已。

雖然有點太早，但即使我現在退社，應該也不會造成任何影響才是。

（可是，理由呢？我該用什麼樣的表情、說出什麼樣的藉口？）

仔細回想，我會變得無法和蓮同學面對面，是從暑假一起出門跑腿那次開始。從他送我彩虹水晶項鍊的那天開始。

「啊，又來了……王子怎麼呵欠連連呀？」

「他在朝會時也睡死了呢。眼睛看起來還有點紅紅的，是睡眠不足嗎？」

結束全校集會而返回教室的路上，我聽到同班的女孩子們擔心地低聲討論。

因為是我也很在意的內容，忍不住就偷聽了起來。

「他可能很在意被原岡同學她們爆料的事吧……」
「妳是指他跟未來學姊交往的那件事？」
「聽說王子好像是被甩掉的那一方呢。」
「咦，他們應該還有持續在交往吧？我是這麼聽說的。」
再也聽不下去的我，悄悄離開了班級隊列。
結果，發現這一點的千歌朝我跑來。
「鈴！妳要去哪裡？」
「……我想去一下保健室。」
「我知道了，那我陪妳去吧。」
「咦！這樣不好意思啦。沒關係，我可以一個人走過去……」
「妳在說什麼啊，妳的臉色很蒼白呢！我去跟老師說一聲，妳在這裡等我。」
「等等，千歌，我真的……」

「我也有一些話想跟妳單獨聊聊。好嗎？」

聽到自己的好朋友這麼說，也只能點頭答應了。

我乖乖跟千歌一起走到保健室，發現門把上掛著「外出中」的牌子。

「正好。我原本還想說再不行的話，就要換個地方呢。」

「……妳要聊的事情這麼重要呀？」

「妳應該也猜得到吧？是關於加賀美蓮的事情。」

千歌在保健室的病床上坐下，然後輕拍她旁邊的位置。

感到有些坐立不安的我，在稍稍跟她拉開一段距離的地方坐下。

千歌並沒有表露出在意的反應。她以堅定而清晰的聲音說道：

「我不會問妳發生了什麼事。畢竟這應該不是外人能插嘴的事情。」

「……謝謝妳。」

「不需要跟我道謝啦。另外，正因為我是外人，所以才想告訴妳一件事。」

「……嗯。」

「是蓮跟未來學姊的事情。」

啊啊……果然。

千歌也發現了我們之間略為尷尬的氣氛變化。

老實說，在我的內心，其實「不想聽」的想法較為強烈。

我已經覺得很疲倦了，也不想再次受傷。

（儘管如此……如果在這裡逃避了，總覺得我會永遠無法再往前踏出一步……）

下定決心後，我筆直望向千歌的雙眼。

「那就請妳告訴我吧。」

相較之下，千歌則是一語不發地回望我。彷彿企圖看穿我的內心世界一般。

「──我明白了。不過，有件事希望妳不要忘記──」

這些都已經過去了。

接在這句前言之後的，是我完全想像不到的蓮同學國中時代的故事。

「妳知道蓮跟我就讀同一所國中吧？我們倆的母親感情很好，有時會相約一起外出，也會跟對方訴說煩惱的樣子。」

「他家的狀況似乎原本就有點複雜。蓮在國二的時候，雙親走上離婚一途……還在跟律師商討相關事宜的階段，伯母就因為交通事故而過世了。」

「看著現在的蓮，或許有點無法想像，不過，過去的他可是個愛哭鬼呢。在伯母的葬禮結束後，恰巧搬到附近的未來學姊，就像蓮同學的親姊姊那樣對他照顧有加。」

「之後，就出現了他們兩個在交往的傳聞……可是，未來學姊十七歲的時候，不是被

業界挖角了嗎？為了出道成為職業歌手，她只能離鄉背井前往東京，於是這段男女朋友的關係也跟著結束——這是一般的說法。」

千歌娓娓道來的這些話，讓人好悲傷、好難受。

不過，比起這些感受，終於得知的真相更緊緊揪住我的胸口。

我以為他們是因為彼此認識，未來學姊才會把「愛哭鬼男友」託付給蓮同學。

然而，其實並沒有「託付給誰」這回事。

那就是屬於蓮同學和未來學姊的歌。

「愛哭的你」是指蓮同學，「堅強的妳」是指未來學姊。

（蓮同學一直以來，究竟是懷抱著什麼樣的心情在唱這首歌呢……）

他只會在最重要的場合演唱這首歌的原因。

這首歌能夠如此撼動人心的原因。

這一切，都是因為裡頭包含著蓮同學對未來學姊的心意。

「……逃離現場的我……感覺糟透了……」

我的自言自語逐漸混入鼻音，裙子上方也出現了點點淚水的痕跡。

是我擅自誤會了蓮同學，還無視他呼喚我的聲音。

之後，又一直躲著他……

「我跟妳說，千歌……我真的很差勁……」

「我一口咬定蓮同學是個輕浮的人……在一起作曲後，雖變得能跟他像朋友一樣交談，但不管他說什麼，我都覺得『這個人一定又在開玩笑』，從沒認真回應過他……」

「可是，跟他一起去買東西，蓮同學問我『喜歡？還是討厭？』的時候，我卻當真了。在聽到蓮同學跟未來學姊那段過去之後，我又擅自覺得自己被背叛……」

「其實我真的……真的對蓮同學——」

我沒能說完這句告白。

「……我知道，我知道喔。我有發現妳真正的心意，鈴。」

千歌緩緩伸出手，像是要鼓勵我一般摸了摸我的頭。

「妳記得我剛才說過的話嗎？那些都已經過去了。」

「……可是，我不知道該對他說些什麼。」

「我要沒收妳的『可是』！不多注意一點的話，這會變成妳的口頭禪喲。」

「啊……」

看到我瞬間屏息的反應，千歌轉而用手輕拍我的肩膀。

「噯，妳偶爾也可以試著放手一搏吧？就算沒有萬全的準備，實際豁出去之後，反而會意外收到不錯的成效呢。」

看著答不出隻字片語的我，千歌又繼續問道：

「妳也覺得再這樣下去不行吧？」

「……嗯……」

我不能一直躲避蓮同學。

這麼做的話，不僅什麼都不會改變，還只會讓現況繼續惡化。

更何況——

無論蓮同學是怎麼想的，對我來說，跟他在一起是一件很開心的事。

如果以朋友的身分相處，或許我們的關係會變得更融洽。

去向他道歉，然後好好告訴他吧。

先把喜歡或討厭之類的感情擺到一旁，然後重新來過。

跟他說「請和我做朋友吧」這樣。

「謝謝妳，千歌。那我過去一趟。」
「嗯，加油喔。」

走在前往北棟最上層的視聽教室路上，我第一次覺得這條路如此漫長。
我再三深呼吸，在盡可能不發出聲響的情況下推開門。

（弦卷同學今天也在……）
他和蓮同學坐在同一張桌前，以認真的神情盯著樂譜瞧。
這兩人似乎在討論編曲的內容。在演唱會上聽過的許多歌曲名稱，從他們的口中接二連三迸出。

蓮同學哼歌，弦卷同學用貝斯將其化為實際的旋律。
在「這樣不行、那樣不對」的多次磨合後，曲子逐漸轉化為全新的樣貌。

（他們倆的表情都好認真呢。）

那張原本熟悉不已的側臉，現在看起來判若兩人。

集中在音樂上的他們，形成一種和這個世界隔離開來的氛圍。

（……他們一定也沒發現我來了吧？）

明明是因為想要徹底做好心理準備，才會偷偷摸摸地踏進來，現在怎麼反而覺得有點落寞呢？

擅自拉開一段距離，又擅自認為彼此之間隔著一道高牆，我還真的是無藥可救呢。

「蓮，你又來了。」

弦卷同學突然停下彈奏貝斯的動作，然後用指頭敲了敲樂譜。

「副歌結束的和弦變得跟之前一樣了。是說，這應該是未來學姊的習慣吧？」

「啊～……嗯，我了解了。」

「你自己沒察覺嗎？真是的，注意一下啦。」

看到蓮同學露出苦笑，我感到一陣暈眩。

雙腳宛如地面瓦解般失去了重心……

磅！

原本倚著的門板搖晃了一下，發出重重的撞擊聲。

於是，蓮同學等人也發現了我的存在，和我對上視線。

「鈴！太好了，我以為妳今天也沒辦法過來呢。」

「音崎，聽說妳暑假時感冒了？八成是因為蓮拖著妳到處跑的緣故吧，真抱歉。」

「啥？奏音，你幹嘛搶著當好人啊？我自己會跟她道歉啦！」

「怎麼，原來你還沒道歉啊？」

從對話的一字一句當中，可以感覺到蓮同學體貼的心意。

對於我沒有出席社團活動一事，他很巧妙地替我打了圓場。

「呃，那個……我已經不要緊了。」

我堆出笑容要兩人別在意，結果蓮同學的表情瞬間開朗起來。

「太好了～！那我們趕快來完成新歌吧。這次我想改成雙主唱。把歌詞弄成在對話的感覺，然後由我跟鈴一起演唱！」

「喂，我完全沒聽說耶。」

「嗯，因為我現在才宣布出來啊。」

完全是蓮同學的作風。

無視我的感受，一個人自顧自地往前進。

「我試著寫出歌詞，但還沒完成。鈴，妳能幫我填補空白的部分嗎？」

我沒有接下蓮同學遞過來的樂譜，搖搖頭回答：

「……我還沒有答應要上台演唱。」

下一刻，我感覺到氣氛瞬間降溫。

（我……剛才說了什麼……？）

我自己也吃了一驚，忍不住以雙手掩住嘴巴。

明明是來道歉的，卻卯足全力往反方向跑。

打破這股微妙沉默的人，是莫名被捲進來的弦卷同學。

「看吧，一般人都會做此反應。下次可要好好在事前說清楚啊。」

語畢，他從桌前起身，然後快步離開了視聽教室。

留下我和蓮同學兩人。

我們待在再次回歸沉默的視聽教室裡，沒有望向彼此。

片刻後，蓮同學以一如往常的語氣向我攀談。

「妳這陣子怎麼了？芽衣子老師也很在意呢。」

「……嗯。」

「啊，呃，我不是在責怪妳喔。」

「……嗯。」

聽到我機械式的回應，蓮同學嘆了一口氣。

他搔了搔後腦杓，然後有些尷尬地開口問道：

「我在想……是不是因為原岡同學她們的緣故？」

「咦……？」

「加入樂團讓妳覺得很疲憊嗎？」

蓮同學直接挑明重點的提問，讓教室裡頭的氣氛瞬間降到冰點。

「……那個，蓮同學……」

在我下定決心開口的瞬間，他打斷了我的話表示：

「雖然那些人老愛說三道四，妳維持原本的自己就好了，鈴。不要緊，我會保護妳的。妳大可安一百個心……」

「對不起。」

我打斷蓮同學的話，唐突地向他道歉。

為什麼我無法像之前那樣，以半開玩笑的言語回應他呢？

（我明明是為了重新跟他成為朋友，才來找蓮同學的啊……）

這時，我知道自己已經無法再跟他當普通朋友了。

我的心臟還有全身上下都如此主張著。

「妳說對不起？怎麼了？這是什麼意思？」

「……其實我真的很不喜歡這樣，還會被親衛隊成員視為眼中釘。」

我不是特地來說這種話的。

可是，我……輸給了自己。我逃走了。

（這也無可奈何呀。因為我沒辦法再繼續跟他當朋友了……）

這樣就好了。

強制結束。

「鈴……」

不知道是自言自語，抑或是在呼喚我。

這麼輕聲開口之後，蓮同學就沉默地佇立在原地。

他的臉上沒了那個令人熟悉的笑容，看起來幾乎是完全不同的另一個人。

（怎麼辦……我讓他生氣了嗎……）

我感覺血液彷彿在倒流，雙手也微微顫抖起來。

然而，接著傳入耳裡的，卻是一道平靜溫和的聲音。

「——我明白了。沒關係，大不了我用『啦啦啦』帶過就好。」

沒關係……什麼沒關係？

啊，原來如此。他是指新歌的歌詞嗎？

蓮同學快步從呆立在原地的我身旁走過。
他將樂譜擱在桌上，伸手打開視聽教室的門。
「蓮……蓮同學！樂譜……」
我勉強擠出來的聲音因緊張而沙啞不已。
「就任憑妳處置吧。」
「……咦？」
最後一次轉頭望向我的蓮同學，臉上帶著十分溫柔的笑容。
他這樣的態度，讓我的心更加刺痛。
（啊啊……主動劃下句點的人……真的是我……）
我只能默默看著蓮同學的背影消失在門外。

距離文化祭剩下不到一個星期的時間。

逢坂學園的文化祭是在每年九月的第二個週末舉辦。基於暑假才剛結束沒多久，這段時期，整個學園總是被蠢蠢欲動的浮躁氣氛所籠罩。

而我，也同樣過著坐立不安的每一天。

新歌的樂譜現在仍皺巴巴地被我塞在書包裡。

（如果能跟蓮同學討論就好了……）

自從那天以來，我們就沒說過半句話。

除了我自己拉開距離以外，感覺他似乎也刻意在迴避我。

（之前，我們都是怎麼聊起來的呢？）

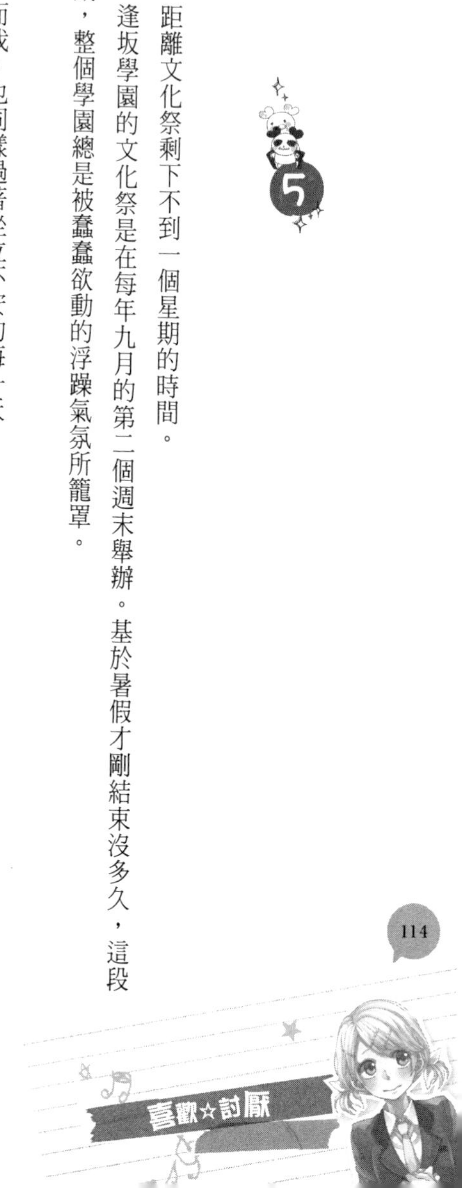

換座位後，我們不再比鄰而坐，我這才發現自己跟蓮同學幾乎沒有交集的事實。
設法搭話的人、負責想話題的人，一直都是蓮同學。
而我，不但找不到開口的契機，就連這麼做的時間點也無法掌握。
雖然千歌也曾擔心地詢問我，但我不能再依賴她了。
如果不靠自己解決，就沒有任何意義。
（現在，我能做的事情是……）

❤ ✧ ❤ ✧ ❤

這天，在放學後，我造訪了連續三天都不曾踏入的視聽教室。
一如芽衣子老師所言，那裡沒有蓮同學的身影。
「最近，好像連蓮都不來社團了呢。」

之前音樂課結束後，老師要求我留下來。

一如我所料，她祭出了社團的話題。

「連」蓮同學都不來社團的說法，代表老師也知道我沒有去社團。

「話說在前頭，創作時，因為音樂的方向性而意見相左，是很常見的事情。我不會因為這樣而生氣。此外，也不會要求你們每天都要出席社團活動。畢竟這種東西有時也要視心情而定嘛。」

老師聳了聳肩，然後露出「妳說對嗎？」的俏皮表情。

看到我沉默點頭的反應，她突然露出認真的表情繼續說道：

「不過，我只希望你們不要後悔。懂了嗎？」

聽到這句在背後推了自己一把的話語，我確實發出聲音回答「是」。

老師笑著回以一句「很好」，然後有些粗魯地摸了摸我的頭……
直到最後，她都不曾以強硬的態度要求我該怎麼做。
而且，還讓我想起了最重要的事情。

（……是我自己答應要幫忙的呀。）
會加入輕音社，的確是我任憑狀況發展的結果。
可是，決定一起創作Haniwa新歌的人，是我。
不是別人，正是我。

無論有沒有蓮同學這個人。
至少，我不能逃避自己最愛的Haniwa的音樂，也不想逃避……！

如此下定決心之後，我回到視聽教室。
我動手調整電子琴的設定，然後拿起自動筆，將樂譜攤開在眼前。

我一邊彈奏電子琴，一邊將自己想到的歌詞唱出來。再確認會不會太拗口、或是能否和旋律同調。

再三重複這樣的過程之後，我覺得心情好像逐漸輕鬆起來。

「我還想說裡頭怎麼有聲音呢，原來是妳啊，音崎。」

門緩緩被打開，擔任貝斯手的弦卷同學探出頭來。

他的身旁不見蓮同學的身影。看來，大概是一個人過來練習吧。

「你要用視聽教室嗎？如果會打擾到你，我就換個地方……」

「沒這個必要。我反倒擔心會妨礙妳作詞呢。」

「我完全沒關係喔。」

雖然我這麼否定，但其實有一半在說謊。

我不擔心弦卷同學影響到我，反而怕他會太顧忌我的感受。

在我思考該怎麼表達時，弦卷同學語帶猶豫地率先開口了。

「我這麼說或許有些多管閒事……但這樣下去真的好嗎？」

「對不起，給你們添麻煩了。」

「不，我們並沒有覺得麻煩啦。妳還沒加入社團的時候，我就經常在創作階段和蓮意見相左。為了讓樂團繼續活動下去，這種事將來想必也會一直發生吧。」

「……我也覺得再繼續逃避下去不太好。」

「是嗎，這樣就好。因為蓮那傢伙真的很喜歡聽妳彈鋼琴呢。」

「他……喜歡聽我彈鋼琴……？」

這是我初次耳聞。

看到我目瞪口呆的反應，弦卷同學露出幾分懷念的表情笑道：

「大概是高一那時候吧。他經常把自己放學後跑去聽妳彈鋼琴的事拿出來吹噓呢。那根本是跟蹤狂才會幹的事情啊。」

（……他怎麼會知道……）

有一段時間，我的確會在放學後去音樂教室彈鋼琴，或是唱唱歌。

我以為那都是我一個人偷偷做的事情，從沒想過會有其他人看到。

「最後，我想再跟妳說一件事。」

面對因過度吃驚而無法做出任何反應的我，弦卷同學毫不在意地繼續說：

「雖然那傢伙很輕浮，有時又讓人猜不透真心，但打從很久以前開始，他的眼中就只有妳喔，音崎。從入學典禮以來便是如此。」

蓮同學……眼中……一直只有我？

而我……又了解蓮同學多少呢？

我總是只看對自己有利的情況。

我看過的只有蓮同學的笑臉。他生氣或哭泣的模樣，我一無所知。

「我……真的……一直都在逃避呢……」

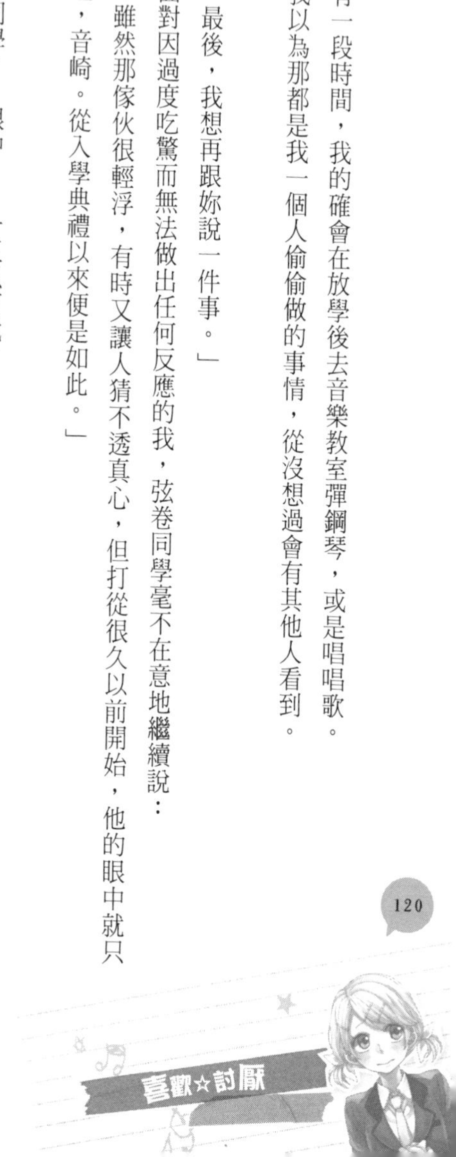

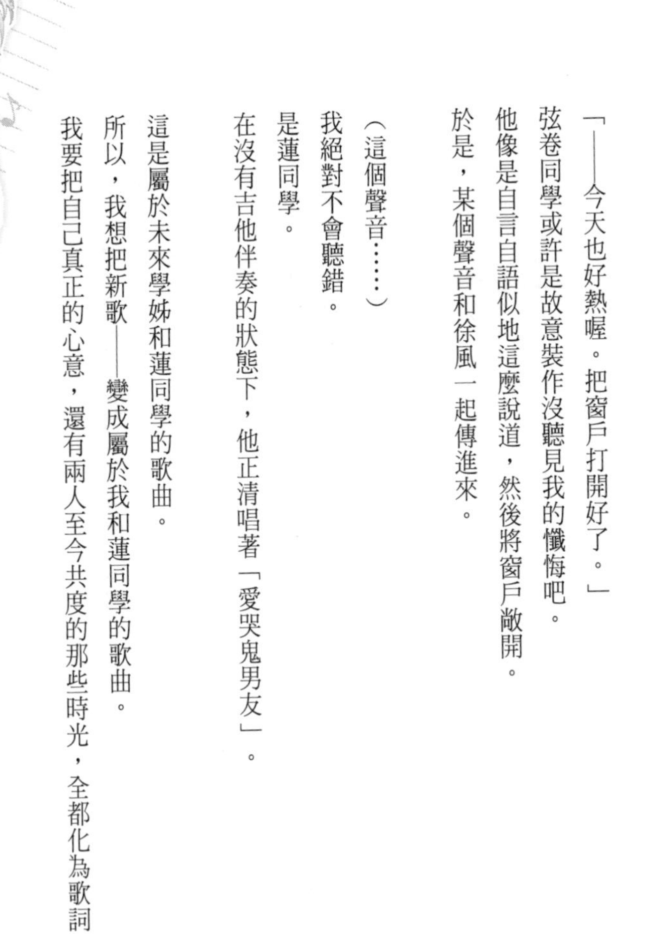

「——今天也好熱喔。把窗戶打開好了。」

弦卷同學或許是故意裝作沒聽見我的懺悔吧。

他像是自言自語似地這麼說道，然後將窗戶敞開。

於是，某個聲音和徐風一起傳進來。

（這個聲音……）

我絕對不會聽錯。

是蓮同學。

在沒有吉他伴奏的狀態下，他正清唱著「愛哭鬼男友」。

這是屬於未來學姊和蓮同學的歌曲。

所以，我想把新歌——變成屬於我和蓮同學的歌曲。

我要把自己真正的心意，還有兩人至今共度的那些時光，全都化為歌詞。

距離文化祭只剩不到一個星期的時間。

第一次挑戰作詞的我，不知道能寫出多少東西。

（可是，我還是想寫。想把這些傳達給蓮同學。）

「弦卷同學，請你替我轉告蓮同學——我絕對會把新歌的歌詞完成。」

從那天開始，我每天放學後都直奔視聽教室，在裡頭埋首致力於作詞。

為了帶著完成的新歌去見蓮同學。

（天氣真好……）

迎面而來的微風，將些許乾燥的空氣吹散。

我待在已經結束攤位活動的家政教室裡，隔著窗戶望向外頭秋高氣爽的晴朗天空。

託好天氣的福，今年，在文化祭的第二天，湧入了超過歷屆的參加人數。
根據千歌的說法，雖然家長也很多，但有一半以上都是來看Haniwa演唱會的客人。
（弦卷同學也說門票都賣完了嘛。）

我看了看手錶。剩下不到十分鐘就要三點了。
勁舞社的舞台表演結束後，緊接著就是Haniwa的演唱會。

（不知道蓮同學有沒有看到簡訊……）
昨晚，我透過簡訊將終於完成的新歌歌詞傳送給他。
一開始，我本來打算當面交給他，但考慮到我們倆今天的活動排程，想這麼做恐怕很困難。雖說我們也必須輪流當班級展覽的說明員，但我跟蓮同學負責的時段剛好錯開，再加上我也必須擔任家政社的收銀員，所以……
基於上述考量，我選了最快且最確實的方法。但直到現在，我都沒收到回應。
蓮同學現在在想什麼？

他是怎麼看我的呢？

浮現在內心的盡是不安的情緒。

而想到自己接下來即將實行的計畫，雙腳更是開始顫抖起來。

（——不，我已經決定不再逃避了。）

我脫下圍裙，然後步出家政教室。

設置於中庭的舞台四周，現在已經被滿滿的人牆所包圍。

表演完畢的勁舞社成員一邊向眾人的歡呼聲致意，一邊走往舞台後方。

「我動作得快點……」

「妳想上哪兒去？」

有人回應了我的自言自語。

我吃驚地轉身，發現原岡同學和其他親衛隊成員聚集過來。

（演唱會就要開始了，她們不去占位置沒關係嗎？）

不過，好像也沒有問這個問題的必要了。

看著她們不友善的表情，我直覺這麼認為。

正因為演唱會馬上就要開始了，她們才會刻意找上我。

她們將我團團圍住，然後開始移動。

處在中心點的我被迫跟著邁開步伐，逐漸遠離了舞台。

這樣的遷移行動，在來到營業時間結束而有些冷清的小吃攤前才終於停止。

遠方傳來Haniwa的舞台演奏。

儘管這些親衛隊的人應該也很在意，卻還是堅守在原地，不肯移動半步。

看來，她們果然不想讓我踏上舞台吧。

「妳到底是怎麼看待蓮同學的？」

原岡同學冷不防地拋出這句直搗核心的問題。

一瞬間想要往後退的我，拚命對雙腿使力，讓自己站穩腳步。

「……我想要正視我們彼此的心意。」

「什麼跟什麼啊？妳有照過鏡子嗎？還是說，妳其實是個超級自戀的人？」

聽到原岡同學尖銳的嗓音，周遭的其他女孩子也露出了令人不快的笑容。

其實，我也並非對自己有自信。

如同原岡同學所說的，或許我只是個自戀的人也說不定。

然而，這並不能當成逃避的藉口。

「……對不起，我之前一直沒有清楚表態。」

「啥？妳道什麼歉啊？」

這聽起來似乎不是挖苦，而是率直的疑問。

我環顧愣在原地的親衛隊成員們，然後深呼吸一口氣。

為了不讓聲音顫抖，我挺起胸膛，說出那個自己尋覓已久的答案。

「不管是對於妳們，還是對於我自己真正的心意，我都因為害怕而不敢去正視……不過，今天開始，我不會再這麼做了。」

「……光說不練，任誰都做得到啊。」

「嗯，所以請妳們好好看著吧。」

我朝表情僵硬的原岡同學展露笑容，然後奮力衝出去。

舞台表演已經開始了。新歌的前奏緩緩傳入耳中。

快點，快點……！

現在，如果不使出全力，我一定會後悔一輩子。

儘管冰冷的空氣讓肺部刺痛不已，但現在不是在意這點小事的時候。

（……咦？這是前奏嗎？）

照樂譜看來，現在應該是開始演唱的部分，但台上卻仍只有演奏聲。

是重新編曲過了嗎？為了什麼？

是為了等我？為什麼？

從工作人員手上接過麥克風後，我和沐浴在聚光燈之下的蓮同學四目相交。

他一瞬間露出吃驚的表情，隨即對我投以宛如太陽般燦爛的笑容。

我也回以最棒的笑容，接著奔上舞台。

「喜歡，討厭，我不明白……討厭。

喜歡，好意外，不可能。喜歡！

喜歡與討厭，我不明白。

無法停歇的，喜歡討厭。」

在第二首安可曲演唱完畢後，Haniwa的演唱會在盛況空前的狀態下結束。

我以為自己只是被找來協助創作新曲的臨時幫手，但中場談話時卻將我介紹為樂團的成員之一……

結果，我以擔任鍵盤手及和聲的身分，就這樣參與舞台演出到最後一刻。

「喔，後夜祭開始了。」

靠在扶手上俯瞰整個中庭的蓮同學以開心的語氣說道。

站在一旁的我，則是用有點沙啞的嗓音輕輕回以一聲「嗯」。

頂樓沒有其他人在。

這也是理所當然。因為這裡平常都會上鎖，是禁止進入的場所。

這次，是身為學生會成員的千歌偷偷將鑰匙借給我們，破例讓我們進來。似乎是為了獎勵我們成功炒熱文化祭的氣氛。

和熱鬧不已的舞台相較之下，屋頂上持續著無言的沉默。

儘管有很多想說的話，我卻不知該如何將其化為言語，只能任憑視線在半空中游移。

蓮同學同樣不發一語。和前一刻不停煽動台下觀眾的他，簡直判若兩人。

「我想好新歌的歌名了……」

那是道幾乎和夕陽餘暉融為一體的平靜嗓音。

我勉強從乾枯的喉嚨擠出回應。

「歌名是？」

「……叫『喜歡☆討厭』，妳覺得如何？」

「直接套用歌詞呀？」

「不然，妳比較喜歡變化球嗎？」

蓮同學露出有些壞心眼的笑容。看到這個久違的表情，我不自覺地開心起來。

為了掩飾變得濕潤的眼眶，我裝出思考片刻的反應，然後搖了搖頭。

「我比較喜歡用直球定輸贏的做法吧。」

光是說出「喜歡」一詞，感覺心臟就緊緊抽動了一下。

（我接下來還得做出更不得了的告白耶……心臟撐得下去嗎？）

我深吸一大口冰冷的空氣，然後面向蓮同學。

「那個……」

「那個啊……」

「「咦？」」

聽到彼此的發言重疊，我們不禁同時眨了眨眼。

下一瞬間，蓮同學隨即再次開口說道：

「對不起，我一直沒去社團露臉。」

「應……應該道歉的人是我！對不起！」

「……為什麼妳要道歉啊？明明是我造成妳的困擾耶。」

「不對。真要說的話，是因為我擅自誤會……」

蓮同學像是要阻止我繼續說下去似地奮力搖搖頭。

「那天，我……在聽到妳表示『真的很不喜歡』的時候，我以為自己已經無法堅持下去……也不能再堅持下去了。」

「關於這個！我有一件事想對你說……」

這時，我的發言再次被蓮同學打斷。

因為我看到他露出泛著強烈光芒的眼神。

「可是，聽到妳拜託奏音傳話的內容，我想賭上最後一次的可能性。」

我絕對會把新歌的歌詞完成——蓮同學相信我的這句話。

所以，他才會把前奏延長，直到我出現在舞台上為止。

「蓮同學，你為什麼會這麼……」

「——鈴，妳記得我們第一次交談那天的情況嗎？」

「咦？是在高一的後夜祭……對吧？」

「啊，妳的印象果然是這樣嗎？」

語畢，蓮同學露出有些傷腦筋的笑容。

「在更久之前，我們就已經說過話嘍。講明了，就是在高一開學典禮那天。」

「咦？怎麼那麼久之前就……我們明明也不同班呀？」

他看起來不像在說謊，所以我想應該是真的。

可是，我真的、完全、一點都不記得有這回事。

「開學典禮結束後，妳在櫻花路樹下講電話吧？然後突然哭出來，整個人癱坐在地。」

「啊……」

蓮同學這番話，打開了我腦海深處的記憶大門。

對我而言，那天，是兩種層面的「啟程之日」。

在開學典禮前一天，從以前就一直在和病魔奮鬥的愛犬鈴鐺，終究還是陷入了昏迷。

牠從小就陪伴著我。一同長大的我們，感情好到可比真正的姊妹。看到這樣的鈴鐺，我一刻都不想離開牠身邊，原本還打算不出席開學典禮。

（可是，鈴鐺那時宛如奇蹟般睜開了眼睛……）

於是，我選擇前往逢坂學園。在開學典禮結束後，我接到了醫院的聯絡。

『牠剛才嚥下最後一口氣了。』

聽到殘酷的事實傳入耳裡，我當場癱坐在地，痛哭起來。

完全將自己身處何處，以及周遭的視線拋諸腦後。

所以，就連有好心人借手帕給我一事，都被我推向記憶的最深處。

（……原來那個人就是蓮同學啊……）

我為什麼會忘了這件事呢？

他為什麼至今都不曾提及這件事？

我茫然地望向蓮同學，他則是以相當溫柔的眼神回應我。

「之後，我就一直很在意妳。某天放學後，我碰巧看到妳在音樂教室彈奏鋼琴的身影。彈著彈著，妳又哭了出來，還獨自哼唱著『愛哭鬼男友』這首歌。」

（雖然弦卷同學之前也說過，但原來他真的聽見我彈鋼琴啊……）

我因為難為情和手足無措，沒能說出半句話回應他。

而蓮同學的聲音也微微顫抖著。

「有個女孩子和我為了同一首歌曲掉眼淚——這樣的畫面深深烙印在我的腦海裡。」

他一定是因為想起自己和未來學姊的那段過往，所以唱著唱著，就落下了眼淚吧。

無須再過問理由。

「結果，當我意識到的時候，已經無法將視線從妳身上移開了……妳總是說自己不起眼，就算經常得幫別人收拾爛攤子也都會笑著接受。光是從旁看著這樣的妳，就讓我擔心不已呢。」

「……嗯。」

「但我也發現，面對該做的事情時，妳絕對不會敷衍了事。此外，妳能夠冷靜判斷周遭的狀況，並給予當事人協助……還有，只會對信賴的人露出超級可愛的笑容等等。」

可愛什麼的……他在說什麼啊。

不用拍我馬屁啦。不需要這樣阿諛奉承啦。

儘管想說的話一一浮現，我卻發不出聲音，只能任憑呼吸變得急促。

（糟了，怎麼辦，我的臉頰開始發燙了……）

面對內心小鹿亂撞的我，蓮同學再次做出讓心跳急遽加速的發言。

「看到妳在文化祭時因為聽到我的演唱而落淚，我就再也按捺不住了。所以，才會不由自主地在後夜祭時向妳告白。」

「妳是第一個讓我湧現『我想守護她』這種想法的人。多虧妳，我才能夠摒除對未來的眷戀。」

「鈴，妳喜歡我嗎？還是討厭我呢？」

聽到和曾幾何時的提問相同的內容，我不禁屏息。

然而，倒映出我身影的雙眸，以及這麼詢問的嗓音，都帶著些許不安。

在明白蓮同學同樣感到緊張之後，我覺得整個人輕鬆了不少。

「就連討厭都是一體兩面，

我們現在，正在相戀。」

我以清唱的方式道出「喜歡☆討厭」中自己最喜歡的歌詞。

面對我唐突的舉動，蓮同學圓瞪著雙眼，說不出半句話。

這次，換我了。

「……我很不擅長在人群面前拋頭露面，原本只希望自己能夠低調地、不引人注目地度過平穩的每一天。所以，雖然我很喜歡彈琴和唱歌，但如果沒有你的話，我想，自己應該一輩子都不可能像那樣在人前表演吧。」

「還不僅如此喔……跟你一起度過的時光，真的讓我很開心。我第一次發現自己原來能夠笑得這麼開懷。」

頑固地拒絕正視現實，是過去的我真正的想法。

離開風平浪靜的安全世界讓我心生畏懼，因此，我裝作沒有察覺逐漸改變的自己。就連為我帶來這種變化的蓮同學，都讓我想離得遠遠的。

「鈴，別哭了。」

「……原來『喜歡』就是這樣的感覺啊。」

「咦？」

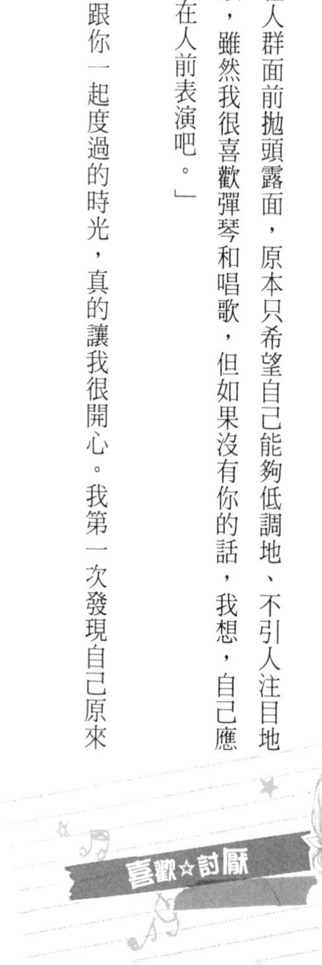

「我喜歡你，蓮同學。」

「…………………咦？咦咦？咦咦咦～！」

「蓮同學，你的臉很紅喔。」

「這……這是當然的啊！這可是我心心念念已久的男女朋友發展耶，我終於能加入現充的行列了！」

看到有些自暴自棄地吶喊出聲的蓮同學，我想起了某樣東西。

我將手探入制服口袋，指尖碰觸到痴痴等待著登場機會的手機吊飾。

「……收下這個吧。算是彩虹水晶的回禮。」

突然感到相當難為情的我，說話語氣忍不住變得有些粗魯。

然而，蓮同學不僅毫不在意，還像漫畫人物似地將雙眼瞪得老大。

「這……這這……這是！『喜歡☆討厭』的現充手機吊飾……！」

我將藍色的吊飾放在蓮同學的掌心，然後取出自己的手機。

粉紅色的心動百分百吊飾，在帶著熱度的晚風中輕輕搖曳。

「只要持有一組的吊飾，就能讓戀情實現——這個傳說是真的呢。」

夕陽西沉，月亮緩緩在東方的天空升起。

我們在這樣的淡淡光芒籠罩下牽起了彼此的手。

❤ ✧ ❤ ✧ ❤

一年後，我晉升為Haniwa的正式成員。

面對高中生活的最後一次文化祭，蓮同學比以往更來得幹勁十足。

「畢竟去年沒能摘下ＭＶＰ嘛～」

「沒想到會以一票之差落敗……！是說，鈴，妳別一副置身事外的態度啦。」

這裡是放學後的視聽教室。我坐在已經變成自己指定座位的電子琴前方。

蓮同學將直立式麥克風冷落在一旁，站在我的面前。

像這樣有些吵吵鬧鬧的氣氛，就是我們現在的日常。

「不妙啦！有很不得了的要來了……！」

猛力打開門的弦卷同學，十分罕見地表現出興奮不已的態度。

蓮同學好像也為此吃了一驚。他愣愣地眨了眨眼問道：

「什麼不妙了？是什麼東西要來啊？來哪裡？」

「初音未來啊！那位歌姬要以特別來賓的身分參加我們學校的文化祭！」

「哦～……咦，你說那個未來？真假？這不是很棒嗎！」

「對吧？就算是我們學校出身的學生，一般情況下，應該不可能邀請到她才對啊。」

「太好了，鈴！可以見到未來耶！」

蓮同學亢奮地猛拍了我的肩頭好幾下。但不可思議的是，我一點都不覺得痛。

因為這完全沒有真實感啊。

我在腦中再三反芻這個消息之後，心跳也跟著逐漸加快。

「……怎……怎麼辦……我的心臟能熬過去嗎……」

「咦？等等，這是什麼反應啊！嗳，鈴，妳也對我心跳加速一下嘛～～」

看到哭喪著臉發難的蓮同學，我和弦卷同學不禁面面相覷。

下一瞬間，我們頓時爆笑出聲。於是蓮同學的二度抗議響徹了整個視聽教室。

跟蓮同學成為男女朋友之後的第一個夏天，馬上就要到來了。

和這個時期特有的狂風驟雨一同來訪。

在看了、
在看了
盯——
盯
她一直在
看我耶——

愛哭鬼男友

naki mushi

高中生活最後的夏天結束了。

今年我和鈴去了很多地方，過得相當充實，因此覺得這個夏天比以往來得更短暫。

雖然已經開始正式上課了，但對於自己是否真的能徹底收心一事，我著實感到不安。

（這都是因為鈴實在可愛到不行啊……！）

歷經一年半的這場單戀，最後，讓我獲得了一名女朋友，總之她非常可愛。

超級可愛。可愛到不行。簡直可比國寶等級。

聽到我得意忘形地說蠢話時，她馬上會生起氣來。這點真的是太棒了。

至於擔心自己可能說得太過分，而讓視線在半空中飄忽不定的反應，也很犯規。

然而，這樣的鈴最近有點奇怪。

如果不是我的錯覺，這應該是自從她聽聞某個消息之後開始的。

今年的文化祭，將會有一位超級亮眼的特別來賓登場。

那就是畢業於這所學校的傳說歌姬——初音未來。

雖然詳細理由不明，但這次似乎是所謂的榮譽歸國演唱會。

另外，今年她參加的國外音樂祭會比去年更加緊湊，因而暫時不能回到日本，據說也是原因之一。

（聽到學生會正式公布消息的時候，大家的反應真的很驚人呢～）

這個瞬間，我重新體悟到一件事。除了被未來的音樂打動的人以外，原來她出道後發光發熱的故事，也讓許多女孩子憧憬不已。

這麼說來，我記得鈴也是因為崇拜未來，才會來報考逢坂學園。

「未來學姊會在文化祭時現身？真的嗎？嗚哇，怎麼辦……」

這是我初次目睹鈴這麼手足無措的模樣，忍不住笑了出來。

而她抬頭怒視我的反應也是可愛無比，讓我不禁伸手輕輕摸了她的頭。

「不要緊啦，妳維持原樣就好了。現在的鈴就很可愛了啊。」

「我……我才不可愛呢！而且，我又不是這個意思！」

「嗯？不然是什麼意思？」

「……我是基於輕音社學妹的身分而感到緊張啦！」

那時候，我露出會心一笑，回應她「原來是這樣啊」。

然而，不同於那句發言，鈴的表情看起來似乎有些欲言又止。

（她是怎麼看待我和未來之間的事情呢……？）

「個人檔案這樣就行了吧。接下來是最重要的音源……」

在自己的房間裡使用電腦的我，不知不覺地自言自語起來。

房間一如往常地寂靜，讓我的自言自語聽起來格外清晰。

我猶豫了片刻，用電腦播放出「喜歡☆討厭」這首歌。

反正今天晚上……應該說在深夜十二點之前，這個家裡都只有我一個人。

「……咦，這個檔案是什麼來著？」

我在電腦深處發現一個謎樣檔案，原本想將它點開，手指卻停下了動作。

檔案名稱上顯示著四個數字。

「0309？0309是什麼的日期啊……」

我唸出數字後才猛然想起。

我記得這個日子。

「啊，是國中畢業那時的……」

這次，我毫不猶豫地點開檔案，一如所料的音源播放了出來。

這是我在三年前送給未來的「愛哭鬼男友」。

這首歌原本是未來創作的，一開始只有女生視點的歌詞。

之後，是我在其中加入男生視點的內容，將整首歌變得像是在對唱。

而未來似乎也很中意我的編曲，特地將這首歌收錄在出道單曲之中。

或許因為是隱藏曲，所以沒有附上歌詞。

不過，我也覺得這樣比較符合歌曲本身的感覺。

「……不知道未來有沒有好好在唱呢……」

我已經不再傳簡訊給她，這三年以來，我們也從未見過面。

儘管如此，她在我腦海中的身影依舊鮮明無比。

我國二那年夏天，母親因為一場交通意外而辭世。
被留在這個世上的我，看著蓋上白布就此長眠的她，只能默默杵在原地。
那個人——在基因和戶籍上是我「父親」的人，一直出差到葬禮結束後才回來。
因為這是他們夫妻倆還在打離婚官司時發生的事，所以，他或許覺得這樣的結果有點沒意思吧。

那個差勁的男人有一對善良的雙親，或許算是我唯一的救贖。
直到我國中畢業，祖父母都代替從國外出差回來的那個人，和我同住在一起。

印象中，當時的我好像每天都在哭泣。
如果眼淚就此乾涸該有多好——儘管這麼想，淚水卻仍無止盡地滑落……

為了不讓祖父母太擔心自己，我養成了躲到某個地方的習慣。

連接住宅區和公園的那座小型天橋。

到了黃昏時分，那裡幾乎不會有其他通行人，是個適合放鬆的場所。

我很喜歡獨自在那裡靜靜地眺望夕陽西下。

「……簡訊？是海斗傳來的啊，真難得。」

那一天，我也倚在天橋的扶手上，俯瞰著即使邁入九月，仍殘留著一絲夏天氣息的街景。

放在牛仔褲中的手機響了起來，我看向年長的友人傳來的簡訊。

『好久不見。

這個星期日，我們會在文化祭時舉辦演唱會。

有空的話過來看看吧。

可以聽到很驚人的歌聲喔。』

海斗比我大三歲，跟我是小學合唱團的學長學弟關係。

進入逢坂學園就讀後，他加入了輕音社。

雖然我們並不常見面，但只要有機會，他總是會捎來聯絡。

（我跟海斗的波長，還有對音樂的喜好，都契合到不可思議的程度呢。）

會被他說成「很驚人」的演唱會，究竟是什麼樣子呢？

我突然變得在意不已。

「就去文化祭晃晃好了……」

「那麼，選擇逢坂學園的文化祭如何呢？」

（——啥？）

印象中，當時聽到有人對我的自言自語提出建議，真的讓我嚇了一大跳。

我戰戰兢兢地轉頭，發現不知何時，身後出現了一個陌生的女孩子。穿著逢坂學園制服的她帶著滿面微笑。

「對不起，這麼突然。我叫初音未來，是逢坂學園的高一學生。」

「……我是加賀美蓮，目前就讀鳳笙國中二年級。」

「啊，果然！你就是蓮嗎～」

「妳說『果然』是什麼意思……妳聽誰提過我的事嗎？」

「嗯，是海斗學長說的。我也是輕音社的成員喲。」

隨後，未來告訴我她是剛搬到隔壁的鄰居。

雖然我的腦袋因為這個先後順序顛倒的狀況而一片混亂，但稍微整理之後，可以把她的說明歸納如下：

夏天的時候，未來搬到我家隔壁那間閒置很久的空房子。

她跟海斗組成了樂團。文化祭時，她也擔任過幾首歌曲的主唱。

練習到比較晚的時候，海斗因為擔心不熟悉這一帶環境的學妹，所以便護送她到住家附近。就是這時，他發現我剛好住在未來家的隔壁，所以瞬間感到有些亢奮。

那時的我個性還很怕生，在聽到海斗的名字之後才終於鬆了一口氣。

至於未來，雖然好像是個有些不可思議部分的女孩子，但給人的感覺也很好。

在道別的時候，我還跟她約好一定會去看演唱會。

之後，我才察覺到一點。

暑假剛搬來這裡的未來，能夠踏上舞台，是一件相當「不尋常」的事情。

逢坂學園的文化祭是在九月的第二個週末舉辦，所以，幾乎沒有什麼時間能練習。

在這種情況下，一名轉學生——而且還是才高一的學生，竟然有能力拿起麥克風。

雖然未來表示「我只會唱兩三首而已啦」，但問題不在那裡。

直到現在，我才深切地理解到那是多麼驚人的狀況。

以及未來有多麼優秀。

實際上，如同海斗所言，她的舞台表演著實令人嘆為觀止。

首先，她的嗓音十分優美，肺活量和音域也不容小覷。

最重要的是她高人一等的詮釋能力。另外，未來也能唱出漂亮的顫音。

如果是現在的我，像這樣的讚美，要說幾句都沒問題。

不過，就連當初那個壓根沒有相關知識的國二生加賀美蓮，都很清楚地明白——

這種人一定就是所謂的「超級巨星」吧。

在聚光燈照耀下的未來閃閃動人，跟之前的她彷彿是完全不同的人。

演唱會結束後，我毫不猶豫地直奔Haniwa的團員所在之處。

然後鼓起勇氣向未來表示：

「妳的歌聲讓我太感動了。請收我為徒弟吧！」

❤ ✧ ❤ ✧ ❤

在突如其來的拜師宣言之後，轉眼過了一年。
盛夏再次到來時，我和未來之間的距離拉近了不少。
甚至親近到會被周遭的人詢問「你們是姊弟嗎？」的程度。
那時，未來曾以「徒弟？這……恐怕不可能耶……」的回答婉拒了我。
不過，她又接著這麼說道：
「如果我們能做朋友，我會很開心的。」
她一邊這麼說，一邊帶著笑容伸手過來，那隻手比我的手要來得嬌小許多。
想起過世的母親的手，我不禁鼻子一陣酸楚，最後仍是咬牙忍了下來……

我懷著感激的心情，接受了未來溫暖的善意。

在變成朋友之後，時光飛也似地流逝。

我們一起去新年參拜，還一起去賞櫻。

我的身旁，總是有未來陪伴著。

這樣的每一天都令人開心不已。儘管年齡差距讓我有些焦躁，但我還是想一直和她在一起。

十四歲那時的我，或許是被自己的感情沖昏頭了吧。

所以……雖然這無法當成藉口……

但我一直沒能發現未來藏在笑容之下的那片陰霾。

直到現在，我才能冷靜地思考那些不尋常的種種。

未來從不會在意回家的時間，也不曾和我聊到雙親的話題。

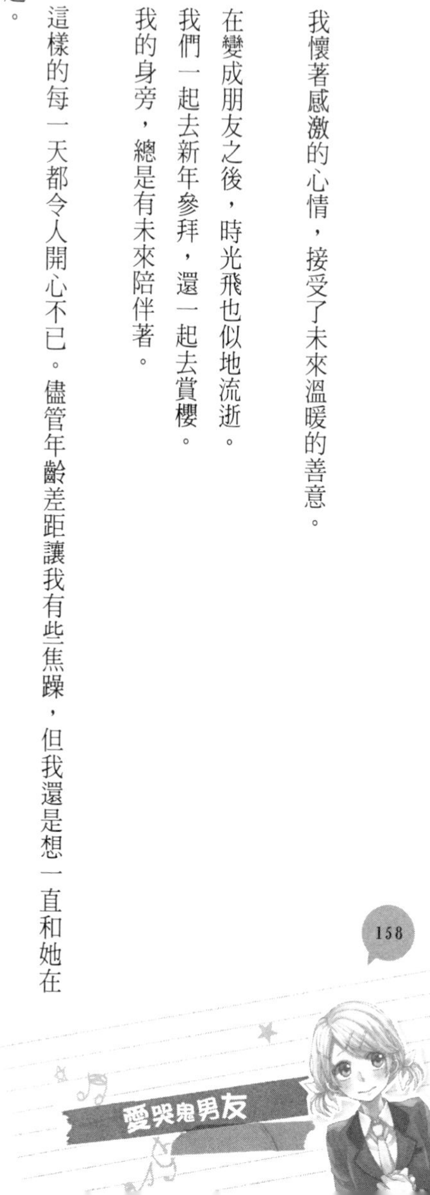

當時那個自以為是的我，還以為她鐵定是顧慮到我的感受，才會那麼做。

我以為她從海斗那裡聽說了什麼。既然未來是出自善意，那我就繼續依賴這份心意吧

——我那時這麼想。

我實在應該多用點大腦才對。

那樣的話，說不定結果就不一樣了。

有好幾次，明明都是付諸行動的好機會。

例如國中最後的那個夏日祭典。

那天，只要我們之間的對話告一段落，未來就會低頭沉默下來。

最後，她彷彿下定決心似地抬起頭。然而，傾訴出來的，卻只是「接下來要去哪裡？」這句話。

內心湧現某種不祥預感的我，拖著浴衣打扮的未來到處跑。

「蓮，你為什麼要走這麼快呢？」

「如果走太慢，就沒辦法逛完所有的攤位了啊。」

「啊哈哈！你對吃東西意外執著耶。」

對別人的心情一無所知，還說這種風涼話。

我這麼想著，陷入了有些不耐的情緒之中。

一想到未來不知打算對我說些什麼，我就相當不安。

而那些大刺刺向她搭訕的臭傢伙，也讓我十分不爽。

站在一旁的我，看起來八成只像她的弟弟吧。

來自周遭的視線讓我徹底體悟到這一點。因此，我變得更煩躁了。

「……噯，未來。」

「好好好，你接下來想吃什麼？」

「……我什麼都還沒說耶。」

「不用說我也知道呀。因為你一直死盯著攤位看嘛。」

看到未來輕笑出聲，我也不禁跟著露出苦笑。

不管怎麼逞強，一旦對上她，也會不戰而敗。

真拿她沒輒。我完全敵不過她呢——我這麼想著，然後伸手指向攤位上排列得密密麻麻的寶石。

當然，那些都不是真的，只是玩具罷了。

然而，我仍然瞬間湧現「就是這個！」的想法。

「未來，我們買一對一樣的吧。」

「咦？你說戒指嗎……？」

「不行……嗎？那個，如果妳會排斥的話，那就不用勉強……」

「不！我沒有排斥喲。只是有點嚇到而已。」

「啊，我懂了。妳又把我當小孩子看待了吧？」

「嗯……也可以說是那樣吧。」

的確。聽到還是個小鬼的我想跟自己戴一樣的戒指，會感到吃驚也很正常。

現在冷靜想想，那是很合情合理的反應。

不過，當時的我果然還是有點不甘心。

未來沒能發現我寄託在玩具戒指上的心意，讓我十分懊惱。

就算只是假的，對我來說，也真實無比。

反過來說，沒有自信也是事實。如果是仿造品的話，未來應該不會拒絕——腦中某處如此計算著。

「小孩」和「大人」。

希望她能夠察覺。希望我們能永遠這樣下去。

內心的天平不斷搖晃，總有一天，我的心或許會崩壞吧。

為這種青春煩惱所苦的我，滿腦子果然還是只想到自己。
所以，老天爺才會懲罰我吧。

國中畢業典禮的前一天，我在黃昏過後的時分被未來叫出去。
見面地點是那座熟悉的天橋。
我腦中的一角警鈴大作。
然而，我裝作沒聽見這樣的警告，單手拿著樂譜去見她。
未來是想給我最後的考驗——當時的我，或許在心中這麼說服自己吧。
畢業典禮上有個合唱活動。我負責其中獨唱的部分。
雖然未來沒有收我為徒弟，但她仍有陪我練習唱歌。

所以，獨唱的重頭戲，是我們倆一起爭取來的。

當天，我想邀請祖父母和未來一起來參加典禮，讓他們看到我最棒的表現。

為此，我記得自己簡直拚上小命在練習。

可是，儘管如此，為什麼……

為什麼我只有不祥的預感是最準確的呢？

來自她口中的，是真正而徹底的道別台詞。

「……妳……剛才說什麼……？」

「為了成為專業歌手，我要到東京去。」

（怎麼會……我完全沒聽說這件事……）

受到強烈震撼的我發不出半點聲音。

只有乾燥不已的嘴唇微微顫動，喉嚨發出緊縮的呼吸聲。

「有音樂事務所的人來看我們的演唱會，然後打算挖角我。」

和動搖不已的我相較之下，未來的態度相當平靜。

直到最後，她都未曾說出「還在猶豫」或是「將來有這個打算」之類的句子。

（未來是認真的……）

她的決心感覺已不容置疑。我被近似於絕望的情緒籠罩，不禁低下頭來。

「……什麼時候要出發？」

「明天。」

聽到她的回答的瞬間，我止住了呼吸。

眼前一片漆黑。我還能繼續站著，連自己都覺得很不可思議。

（……未來她……已經把戒指摘掉了……）

無須開口詢問，我也明白那代表著什麼意義。

在判斷已經無計可施後，我垂下眼簾。

之後，我猛地抬起頭來仰望被夕陽餘暉渲染的天空，不斷重複深呼吸的動作。

一片亂糟糟的腦海裡，陸續浮現了過去和未來相處的點點滴滴……

我勉強自己硬擠出笑容。

「噯，未來。」

這是個幾乎每天都會呼喚的名字。

可是，現在卻如此……

光是想發出聲音，竟然會讓內心顫抖不已，直到今天我才知道。

「笑一個吧。」

說著，我伸手摸了摸未來的頭。

她不帶半點感情的面容，緩緩恢復了以往的神色。

未來像是想說些什麼似地直直凝視著我。於是，我這才發現從臉頰滑落的東西。

「這麼一來就結束了呢。不要哭泣。」

未來突然開口清唱。

清亮的高音和澄澈的空氣融為一體。

同時也在一邊落淚，一邊穩住呼吸的我的心中融化，然後擴散開來。

「為愛哭鬼施展魔法，

讓淚水停歇的魔法，

要和我露出同樣的表情喔，笑一個吧。」

在未來為我施展魔法之後，我終於能帶著笑容目送她離開。

那年，桃花開得比較晚，畢業典禮當天頂多也只會有兩成開花吧。

然而，隔天，桃花卻一口氣全數綻放了。

——彷彿在歡送未來踏上旅程。

前往東京後，未來完全沒有再跟我聯絡。

不僅如此。

在闖出名聲之後，儘管媒體爭相採訪她，未來也幾乎不曾提及老家的事情。包括轉學到逢坂學園之前的經歷。

只公開最低限度的個人資料。

這似乎是事務所的方針。

不過，也有可能是她本人不願言及吧。

其實，未來的雙親也在打離婚官司。

透過娛樂新聞得知這樣的消息時，我像個笨蛋似地受到了強烈衝擊。

原來我們倆是一樣的。

然而，卻只有我單方面受到她諸多鼓勵。
她沒有多說什麼，只是靜靜地陪伴著我。
陪著毫不關心她藏在笑容背後的陰霾的我。

於是，我比以前更努力埋頭於音樂之中。
替「愛哭鬼男友」加上男生視點的歌詞，算是我回應她的行動吧。

那時，雖然我什麼都說不出口。
就算為了安慰她而謊稱「不要緊」，我也做不到。
儘管如此，我仍有想傳達給她的東西。

幾天之後，我收到了未來的回信。

簡訊裡頭只有短短的一句話。

『謝謝你。』

當初，我為這句話大哭了一場。

倘若換成十七歲的我，就能泰然地回以「該說謝謝的人是我」了吧。

❤ ✧ ❤ ✧ ❤

「唔～重新回去聽之後，總覺得……我唱得好爛啊。」

三年前的我仍處於變聲的年齡，所以歌聲也相當不穩定。

可是，聽起來彷彿有種不可思議的魅力，能讓人感受到我積極的努力。

呃，雖然是在老王賣瓜啦。

嗡嗡嗡……

手機震動聲提示有人傳簡訊過來。

我按下觸控式螢幕，上頭出現了鈴的名字。

『明天帶去社團的點心，你想吃什麼？』

如果是鈴親手做的，我什麼都好。

雖然我想老實傳達自己的心意過去，但八成又會讓她生氣吧。

「『什麼都好』這種回答最讓人頭痛了！」之類的。

「鈴真的好可愛喔～」

儘管沒打算說給誰聽，但我自然而然地這麼開口。

這一定就是所謂的戀愛吧。

還是國中生的我，認為自己喜歡上未來，同時也深信不疑。
但實際上，我或許只是單方面接受著她的愛情，只是一直在跟她撒嬌而已。
在喜歡上鈴之後，我才察覺到這個事實。

放學後的音樂教室，她獨自待在裡頭。
看到鈴哭著彈奏鋼琴，同時唱著「愛哭鬼男友」這首歌的時候，我確認了一件事。
就是她了。我這麼想著。

和自己為了同一首歌而掉眼淚的女孩子。
雖然最初的契機是這個，但之後，在不知不覺中，我發現自己變得眼裡只有她。

因為鈴不太擅長與人交際，一開始從旁觀察她的時候，總讓我提心吊膽。
不過，她不只是這樣的一個女孩子。
就算是沒人會注意的地方，她也不會偷工減料。
能夠冷靜判斷周遭的情況。就算會讓自己的立場變得不利，仍然願意幫助他人。鈴就

是這麼堅強。

最後的關鍵則是前年的文化祭。

聽到我演唱「愛哭鬼男友」的她，無視旁人的視線而哭了起來。

啊，傳達過去了。

我的心意確實傳遞給某個人了呢。

這麼想的瞬間，我再也按捺不住。

為了不讓別人搶先一步，我就在當天晚上的後夜祭告白了。

鈴是第一個讓我湧現「我想要保護她」這種想法的人。

我不希望再單方面地依賴或被依賴了。

「為了不讓鈴的笑容蒙上陰霾，我要一直在身旁守護她。」

為此，傳達心意的方式可不能太隨便。

時限已經逐漸逼近了。

因為無論是明天、後天，或是更遙遠的將來，我都想跟她在一起。

就和她一起討論我的夢想吧。

是蝴蝶耶
啊……
逃走了……
啊……

開始的
道別
sayonara

嘈雜的人聲從視聽教室敞開的窗戶源源不絕地傳進來。

剩下一星期就是文化祭了。

每天放學後，校舍的各個角落，便搖身一變成為戰場。

而我，因為跨足家政社和輕音社兩個社團，所以也過著睡眠不足的每一天。

不過，這次可絕對不能偷懶或懈怠。

因為！那個未來學姊要來加入我們的演唱會呢！

「蓮同學好慢喔……明明得趕快決定編曲啊。」

最近，蓮同學經常被老師找去進行一對一面談。

在暑假結束之後，頻率甚至高到每個星期兩次。

（至於理由……果然是因為那個吧……）

我朝牆上的時鐘望了一眼，這次的面談已經持續將近一個小時了。

正當我打算去烹飪教室露個臉而從椅子上起身時，視聽教室的門突然被打開。

「久～等～嘍～……」

看起來疲憊不已的蓮同學步履蹣跚地走進來。

「辛苦了。老師今天說了什麼？」

「今天啊～幾乎都是在重複之前說過的內容呢。一臉嚴肅地問我『你說高中畢業後就要去東京，然後靠唱歌來討生活？你是認真的嗎？是嗎？』這樣。」

「好厲害！蓮同學，你模仿得好像喔！」

「……我也被老師這麼說過呢。老師一臉得意地表示『音樂人之路可不好走吶。如果你改以偶像或諧星為目標，成功的可能性應該比較大喔』。」

「噢，嗯……」

老師這番話或許也有點道理呢。

我想像了一下，總覺得異常地合適。

在我這麼想的同時，蓮同學露出不滿的表情望向我。

「話說在前頭，在頭上綁頭巾，再穿上運動服跟短褲這種事，我可絕對不幹喔。」

「……啊？那是什麼啊？」

「咦，妳沒看過嗎？昭和時代某個超受歡迎的偶像團體，就是做這種打扮呢。現在回顧，感覺又會掀起一股搖滾旋風耶。」

什麼啊，你其實意外有幹勁嘛？

換做是以前的我，應該會這麼吐嘈他吧。

不過，因為我一直待在離他最近的地方，也明白蓮同學是真心想靠音樂吃飯，所以便將這句話吞了回去。

「再說，要當諧星的話，妳比我更適合呢。」

「好過分！真要說的話，你比我更適合一百倍才對！」

在成為男女朋友之後，我們依舊會像這樣拌嘴。
不對，或許應該說變得更嚴重了。就好像在演小短劇一樣。
然而，我也明白這是蓮同學在切入正題之前的暖場方式。

「……話說回來……」

看吧，開始了。
說些蠢話笑鬧片刻後，他的聲音會突然認真起來。
我總覺得自己能夠想像他要問什麼。

「妳列好點心學校的候補名單了嗎？」
「……我已經決定最想去的那間了。」
「果然還是本地的學校？妳不打算跟我一起去東京？」
「蓮同學，我……」

「只能趁課業閒暇也沒關係。妳考慮看看我們倆一起在東京投入音樂的可能吧。」

起初，我還以為他在開玩笑。

然而，聽到他動輒提起這個邀約，我也愈來愈不明白了。

（難道蓮同學是認真的嗎……）

當然，我也明白到東京去玩音樂，是相當高難度的事情。

（儘管如此，但和蓮同學一起的話，感覺就能過得很開心呢。）

如果能夠像現在這樣，一直待在他身旁唱歌的話……

雖然明白現實生活沒這麼簡單，但在我的內心，仍有個懷抱這種憧憬的自己存在。

「妳不用急著回答我沒關係。」

「……嗯。」

看到對自己露出溫柔笑容的蓮同學，我輕輕點了點頭。

雖然沒有刻意說出口——

但我很明白，我們倆都沒有太多時間考慮了。

現在已經是高三的秋天。有些學校也已經開始受理報考的申請。

所以，老師大概也急著想阻止蓮同學吧。

（畢竟，就算從整個學年的排名來看，蓮同學的成績也算是名列前茅呢。）

教職員室裡贊成蓮同學選擇這個出路的人，好像只有輕音社顧問的芽衣子老師。

這時，走廊上傳來高跟鞋喀喀喀的聲音。

這般規律而魄力十足的腳步聲，讓人絕不可能聽錯。

正所謂說曹操，曹操就到。是芽衣子老師。

「喂～加賀美、音崎！我把人帶過來嘍。」

芽衣子老師猛地打開門，看似心情十分愉快地表示。

帶誰來了——這樣的問題完全是多餘的。

看到跟在老師身後踏入視聽教室的人，我忍不住驚叫出聲。

「未……未未……未來學姊……？」

沒錯，大駕光臨的這號人物，正是初音未來學姊。

（好驚人……跟雜誌或網路上看到的一樣……不對，本人散發著更耀眼的光采啊～）

小巧的臉蛋加上苗條的身型，簡直就像模特兒一樣。

「初次見面，我是畢業於逢坂學園的初音未來。妳就是音崎鈴學妹對吧？」

「啊，是的！不好意思，突然大喊大叫……」

「沒有這回事喔。看到妳認識我，我覺得非常開心呢。」

嗚哇～怎麼辦啊！

那個未來學姊對我微笑了耶！

看到滿臉通紅而說不出半句話的我，蓮同學帶著一抹苦笑走上前。

「妳應該看得出來，鈴可是妳的超級粉絲呢，未來。她當初會選擇報考逢坂學園，似乎也是因為想跟妳念同一所學校喔。」

等等，蓮同學！你幹嘛偏偏在這時候掀我的底啦！

陷入極度難為情和各種惶恐的我，雙頰滾燙到彷彿要燒起來一般。

「就算妳畢業了也無所謂！反正母校相同是事實！——大概就是這種感覺吧。」

相較於不知所措的我，在一旁的蓮同學語帶興奮地繼續爆料。

在我企圖阻止他而抬起頭來時，他帶著開朗笑容對我比出大拇指。

下一刻，他以瞬間變得正經的表情對未來學姊伸出手。

「好久不見嘍，未來。」

「哇～！蓮，你長高了呢～」

未來學姊也露出開心笑容回握他的手。

比起以歌姬身分登場的她，現在的未來學姊似乎平易近人許多。

蓮同學和未來學姊……

想到他們兩人再次見面，其實我有一點點擔心。

不過，出現在眼前的兩張燦爛笑臉，讓我將這樣的煩惱拋諸九霄雲外。

「哈囉，鈴～？妳的雙眼變成愛心了喔，而且對象竟然是未來！」

正當我為兩人的重逢感動不已的時候，蓮同學伸手捏了我的臉頰。

「蓮同學，你很過分耶！為什麼要讓我在未來學姊面前露出奇怪的表情啦！」

「討厭啦，妳一直都很可愛啊，鈴～」

「你……你以為說這種話就能蒙混過去嗎～！」

「我說啊，我們可以進入正題了嗎，笨蛋情侶？」

聽到芽衣子老師無奈的聲音，我才猛然回過神來。

我連忙低頭說了好幾次「不好意思」，於是未來學姊輕笑出聲。

（連笑聲都這麼動聽，實在太犯規了吧……）

「那麼……剛才介紹到哪裡了？呃，這位是初音未來，然後……」
「敝人名叫巡音瑠花，是未來的經紀人。」
語畢，對方做出遠比我來得流暢而有氣質的一鞠躬動作。
冷靜而低沉的嗓音。
眼前這名女性看起來十分穩重，同時又帶著一股神祕的氛圍。

「音崎鈴、加賀美蓮……」
她像是再次確認般呼喚我們倆的名字。我對上了她犀利的視線。
在我輕輕向她點頭之後，巡音小姐的表情緩和了下來。
「你們比照片或影片上看到的更有魅力呢。」
「呃……？」

這是什麼意思呀？
在我感到不解的時候，蓮同學突然連珠砲似地開口。
「啊～呃，對了！我跟未來是……」

「聽說你們原本就認識嘛。以前似乎剛好是鄰居？」

「沒錯，就是這樣。不過，其實我們已經有三年沒見了呢。」

「三年？有這麼久了啊……海斗學長現在過得好嗎？」

「他明年會從國外的大學畢業回國。」

像是接力賽一般，未來學姊在巡音小姐之後加入了對話。

雖然是只有蓮同學和未來學姊才懂的聊天內容，但看他們聊得很開心，我也稍稍鬆了一口氣。

熱絡互動的感覺，完全不像是許久未見的兩個人。

感覺到心臟傳來一股痛楚，我吃驚地隔著上衣按住胸口。

（怎麼回事？好像被針刺，又好像被緊緊勒住的感覺……）

刺痛。

正當我為初次經歷的感受困惑時，蓮同學等人的話題繼續進展下去。

我茫然聽著他們的對話，結果，「為了文化祭創作的新歌」這樣的詞彙傳入耳裡。

「現在能讓我聽聽看嗎？只要一小部分就可以了。」

蓮同學罕見地以因興奮而變得高亢的嗓音急切提出要求。

未來學姊朝巡音小姐瞄了一眼，然後露出微笑。

一次深呼吸。兩次深呼吸。

在開嗓的那個瞬間，室內的空氣變得截然不同。

「數過太多相同的時間，要遺忘實在太困難。

彷彿你的聲音滿溢而出。」

這一刻，我確實感受到時間停止了。

明明手上沒有握著麥克風，清新的嗓音卻滲透到每一個角落……

彷彿一股巨大的能量從未來學姊身上釋放出來。

「現在，可以先唱出來的只有這部分。」

就算聽到未來學姊的話，我也沒能馬上反應過來。

片刻後，蓮同學的掌聲將我拉回了現實世界。

「不愧是未來，曲子和歌詞都是一流的呢。鈴，妳也這麼認為吧？」

儘管聽到蓮同學謀求我的同意，但我仍發不出半點聲音，只能一股腦兒地點頭。

「真的嗎？我好開心喔。」

為我們的感想率直展露出笑容的未來學姊，簡直可愛到令人無法直視。

我按捺著再次加速的心跳，想開口表達出自身的感想。

——但卻慢了一步。

「我剛才演唱的，其實也是那首歌……『愛哭鬼男友』的回應曲。所以，我希望能在演唱會上跟蓮合唱這首歌。」

教室裡頭瞬間鴉雀無聲。

原本正在商討些什麼的芽衣子老師和巡音小姐，也同時止住交談。

至於被點名的蓮同學，則是圓瞪著雙眼，完全傻在原地。

「愛哭鬼男友」是滿載蓮同學和未來學姊的回憶的一首歌。

初音學姊創作了一首新歌做為回應曲，而且還希望能跟蓮同學在舞台上合唱——

這麼想的瞬間，我的身體不由自主地採取行動。

「太好了，蓮同學。這種機會可不是常常有呢！」

「……是……這樣沒錯啦……」

「與其說不是常常有，應該說可能不會有下一次了。你絕對要答應才行。」

「鈴……」

我朝蓮同學的背後一拍，感覺到他微微顫抖著的反應。

（嗯，沒有不緊張的道理嘛……）

儘管如此，我還是希望蓮同學能把握這個機會，所以輕輕將他往前推。
於是，平常不會被這點力道推動的寬闊背影，緩緩地向前移動了。
蓮同學和未來學姊正面相對，然後朝她輕輕一鞠躬。

「……那就……請妳多多指教了。」
「我才要請你多指教呢。」

（太好了。真的太好了，蓮同學……！）
不知是否聽到了我內心的吶喊，蓮同學突然轉過身來。
然後握住我的手，將我拉往他的方向。

「抱歉喔～我忘記說一件最重要的事。」
聽到這句似曾相識的台詞，我的心臟開始狂跳不已。
難道……該不會……不是吧？

「到時候，鈴也要一起上台演唱喔！」

（三天……三天……？怎麼辦，距離文化祭只剩下三天了……！）

即使我再三確認手機，顯示日期也沒有出現任何變化。

放學後，我待在被我們包下的視聽教室裡頭，然後盡情地嘆氣著。

蓮同學那句晴天霹靂的發言成了現在進行式，正在朝令人難以置信的狀態發展。

沒想到！未來學姊、蓮同學和我，竟然要一起拿起麥克風演唱。

（為什麼會變成這樣啦……我明明說過自己絕對做不到的啊……）

蓮同學完全不聽我的抗議，就連芽衣子老師好像也覺得這樣可行。

而且，身為經紀人的巡音小姐甚至也說出了「感覺會很有趣呢」的意見。

最後，看到未來學姊露出微笑對我說「好期待喔」的時候——

目睹自己崇拜的人展露如此開心的表情，世上真有人能夠回以拒絕的語句嗎？

不，絕對沒有！

（……我明明只是想看未來學姊的現場演唱會而已啊……）

聽到她想跟蓮同學上台合唱的計畫，我也相當贊成。

但我完全沒料到自己也會加入其中。

去年，自從在文化祭衝上舞台獻唱之後，我不止一次在當地的Live House開唱。隨著演唱次數慢慢增加，也出現了一些願意聲援我的人。

不過，這都只是業餘程度而已。

（真心想投入音樂界的蓮同學也就算了，我這種人……沒辦法的啦……）

我已經收到未來學姊寄來的新歌檔案，也開始進行自主練習。

今天，我原本預定要跟蓮同學練習合唱，但因為弦斷掉了，他正在外出採買的路上。

我會選擇獨自留下來，是因為想至少多練習一下……

（可是，到頭來，我獨處的時候總會一直胡思亂想，根本無法好好練習啊。）

這陣子，我總覺得自己的心跳很紊亂，也一直很在意這件事。

在試唱蓮同學和未來學姊的新歌時，我時而心跳加速，時而有種宛如嫉妒的刺痛感。

這是我第一次有這樣的感受，所以其實默默有些擔心。

（我到底是怎麼了呢……）

「妳怎麼在嘆氣呀？」

「其實我哇啊啊！初音學姊！騙人，是本尊耶！」

「音崎學妹，我之前就覺得妳的肺活量好驚人呢～」

被稱讚好開心喔。雖然好開心，但也快死了。

我和從教室門口探頭進來的未來學姊四目相交，嚇得心臟差點迸出來。

她身穿牛仔褲，頭上戴著鴨舌帽，還架著一副紅框眼鏡。

或許是變裝用的造型吧？總覺得跟未來學姊平常的打扮風格有些不同。

「那……那個……蓮同學他出去……」
「不，我今天是來見妳的喲，音崎學妹。」
「見我？初……初音學姊來見我？」
「叫我未來就可以了。我也可以直接稱呼妳『鈴』嗎？」
「這這這……敝人誠惶誠恐……」

看到我極度戒慎恐懼的反應，未來學姊露出淘氣的笑容說道：
「嗳，鈴。我們去約會吧！」
「約會？妳說的約會是哪種……哇啊！」
還來不及提問，未來學姊便一把拉起我的手。
我就這樣被她牽著，拖拖拉拉地往前走。
「我好久沒跟朋友一起出去玩了呢～要去哪裡好呢？」
（……原來如此。對喔，畢竟她很忙嘛。）

去年，未來學姊在大型體育館舉辦了巡迴演唱會，還前往擔任國外的音樂祭嘉賓。期間，她還推出了三張單曲、一張專輯，同時也經常出現在電視廣告或雜誌上。我的父母也曾說過「感覺常看到這個女孩子耶」。他們似乎就是因此自然而然地記住了她。

這樣的人物，竟然會特地回來參加母校的文化祭，並在演唱會上獻唱。再加上，她還為此創作一首新歌，並邀請我一起站上舞台。

（我可不能一直用緊張或怯場這種理由來逃避呢。）

難得她刻意抽出時間過來，我得努力拉近我們之間的距離才行！

「未來學姊，妳喜歡甜食嗎？」

「嗯，最喜歡了。」

「那要不要去吃可麗餅呢？車站附近有一間非常好吃的店喔。」

吃完可麗餅的我們，又跑去逛購物中心。

請未來學姊幫我挑衣服後，我覺得光是今天這一趟，就能讓自己的審美觀成長不少。

在夕陽逐漸西沉的時分，我已經完全習慣讓她直接喊我「鈴」了。

「只是逛了幾間店，我的腳就已經痠到不行了呢～」

在咖啡店小憩兼補充糖分的時候，未來學姊帶著苦笑輕撫自己的腿。

「啊哈哈，因為我們走了不少路嘛。」

「妳不會累嗎，鈴？」

「因為我平日就被芽衣子老師逼著繞學校跑步，還要做肌力訓練……」

「原來如此～那我也得多加油才行了呢。」

（……咦？）

未來學姊的表情突然變得有些黯淡，我不禁直直凝視著坐在對面的她。

「怎麼了，鈴～？我的臉上沾到什麼了嗎？」

「啊，沒有……」

太好了。看來只是自己的錯覺而已。

我連忙挖了一口聖代往嘴裡送。這時，換未來學姊盯著我瞧了。

（她怎麼了嗎……啊！難道是我嘴巴張太大了？）

「妳剛才的表情跟蓮一模一樣。」

「咦……」

「蓮也很喜歡甜食，我們以前常常一起去吃蛋糕吃到飽呢。」

刺痛。

我不禁為內心湧現的那股嫉妒而屏息。

「呵呵，真令人懷念。」

從未來學姊的語氣和表情，都能感覺到她是發自心底這麼想。

（而蓮同學也是如此……）

在視聽教室和未來學姊重逢的時候，蓮對她投以的眼神，簡直像在仰望太陽一般。因為過於耀眼，讓人幾乎睜不開眼睛。但又忍不住想一睹究竟。

我彷彿能聽到一個聲音……

「——你們為什麼會分手呢？」

輕聲道出這句疑問的，是我的聲音。

（嗚哇！不會吧？我剛才說了什麼……）

儘管我急忙掩住嘴巴，但說出口的話已經收不回來了。

我無法望向和自己同樣吃驚的未來學姊，只能無語地低下頭。

這是在我和未來學姊單獨外出之後，第一次經歷的沉默。

愈是冷靜下來思考，我愈對提出這種問題的自己感到頭痛。

對方來自演藝圈，而且還是個剛和我認識的人。

（就算覺得我們是朋友，所以應該能推心置腹，但這種問題未免也太……）

我得向她道歉，然後撤回自己的發言。

在腦袋終於恢復正常運轉後，我怯怯地抬起頭來。

和我四目相交的，是表情柔和不已的未來學姊。

「與其說是分手，其實我們原本就……該怎麼說呢……唉，不行。感覺我只會用對自己有利的方式來解釋呢。所以，可以請妳去問蓮嗎？」

「那……個……可是……」

「不要緊的。妳不是跟蓮在交往嗎？」

這時……

不知為何，我沒能回答未來學姊的這個問題。

要買單時，未來學姊以「是我約妳出來的嘛」這樣的理由，支付了兩人份的餐點費。

她巧妙地緩和了被我弄得有些尷尬的氣氛。

之後我們還去唱卡拉ＯＫ。未來學姊和我聊了演唱新歌的小訣竅，以及她在巡迴演唱會時失誤的插曲。看來，我因文化祭要和她合唱而緊張不已的反應，也被看穿了。

「如果我有姊姊，或許就是這樣的感覺吧。」

「好開心喔！我也很想要一個像鈴這樣的妹妹呢。」

「……咦，我剛才把心裡想的話說出口了？」

「很清楚地說出來嘍。鈴，妳真的很坦率呢。」

未來學姊澄澈的笑聲迴盪在店家的停車場裡。

發現從旁經過的人們投以再三打量的視線，我若無其事地移動了位置。

（在巡音小姐來接我們之前，我可要盡到忠犬的職責才行。）

不久之後，未來學姊的智慧型手機響了起來。

對方應該是巡音小姐。她們倆似乎在聊什麼複雜的話題。

「鈴，可以再占用妳一點時間嗎？我晚上原本要接受的採訪臨時改到明天了。可以的話，接下來我想繼續跟妳討論新歌編曲的部分呢。」

「啊，好的。請讓我參加。」

「太好了！那就這麼決定嘍。瑠花說她五分鐘後就會到。」

到了未來學姊等人居住的飯店，蓮同學的身影也出現在那裡。

似乎是巡音小姐找他過來的。當我們抵達時，他已經開始審視攤開在桌上的樂譜。

「我有個提議。要不要再修正一下和弦的部分？」

聽到蓮同學突如其來的建言，我不禁目瞪口呆。

（他竟然對專業人士說這種話……）

然而，未來學姊似乎絲毫不覺得自己被冒犯到。她探頭望向蓮同學手邊。

「哪邊哪邊～？有奇怪的地方嗎？」

「也不算奇怪啦。只是，妳的曲子在副歌結束的地方，感覺都很類似呢。」

「啊～……嗯，或許真的是這樣。」

這段對話似曾相識。

我追溯著腦中的回憶，然後想起去年在準備文化祭時發生的事情。

（印象中，弦卷同學對蓮同學說……）

「副歌結束的和弦變得跟之前一樣了。是說，這應該是未來學姊的習慣吧？」

「啊～……嗯，我了解了。」

「你自己沒察覺嗎？真是的，注意一下啦。」

刺痛……刺痛……

啊啊，又來了。那股感覺再次浮現。

周遭的聲音逐漸消失，取而代之的，是自己變得格外清晰的心跳聲。

「謝謝你告訴我。這種習慣很難靠自己察覺呢。」

「不客氣。我也是被奏音……啊，他是樂團的貝斯手。被那傢伙提醒之後，我才發現這一點。總覺得是被妳的習慣傳染了呢。」

「咦～是我的錯嗎？因為你跟我的感受性很相似嘛。」

在周遭聲音恢復原本的音量時，傳入耳裡的對話，再次讓我的心臟重重抽動了一下。

（雖然未來學姊說是感受性很相似……）

但我覺得他們倆所看的方向，應該是完全一樣的。

如果他們現在還在交往的話？

如果他們打算重新來過的話？

一切又會變得如何呢？我無法阻止自己以置身事外的態度來思考這個問題。

「你們是不錯的組合呢。對了，加賀美。我聽芽衣子老師說你不打算繼續升學？」

原本以溫柔眼神眺望兩人的巡音小姐，像是突然想起什麼似地問道。

儘管蓮同學露出有些不解的表情，但他仍毫不猶豫地點了點頭。

「是的，我想去東京，然後全心全意投入音樂創作。」

「咦，是這樣嗎？」

（看來，未來學姊也是初次耳聞。）

雖沒有根據，但我一直以為蓮同學已經跟她提過這個決定了，不禁有些意外。

蓮同學和未來學姊保持一段距離的做法，似乎比我想像得還要徹底。

「那剛好呢。」

「……瑠花？」

未來學姊困惑地望向巡音小姐。

相較之下，後者則是一副樂在其中的表情。

「加賀美，你要不要乾脆跟未來一起去美國？」

美國——

巡音小姐確實道出了這個地名。

而蓮同學似乎也聽到了相同的字句。

他杵在原地，一臉茫然地跟著重複一次：「美國？」

「瑠花！那件事不是還不能說嗎？」

「反正明天中午就會正式公布了，妳也很信賴他們兩位吧？」

聲音再次遠離我的鼓膜。

心跳變得比剛才更加急促，甚至隱隱作痛起來。

（未來學姊真的要去美國發展啊……）

其實，這樣的傳聞以前就存在著。

在海外參加活動的她，同樣擁有超高人氣。接受採訪時，未來學姊本人也表明過這方

面的意願。所以，如果是她的粉絲，應該多少會察覺到。

「未來，妳好厲害喔。去國外發展啊……不過，巡音小姐，妳還真會開玩笑耶～！」

蓮同學彷彿想要化解凍結的時間般爽朗笑出聲。

他以相當自然的態度，企圖緩和現場的氣氛。

不過，他的聲音聽起來微微顫抖，也比平常更高亢。

「哎呀，我不是在開玩笑喲。我有好好研究過你的歌聲以及演唱的影片。你可是當紅的高中生樂團主唱加賀美蓮呢。」

巡音小姐緊盯著蓮同學，拋出宛如在試探他的話語。

後者則是睜大雙眼。再三咀嚼這句稱讚後，他笑著回應：

「能夠聽到妳這麼說……我很開心。」

「因為你跟我的感受性很相似嘛。」

「加賀美，你要不要乾脆跟未來一起去美國？」

未來學姊和巡音小姐的話語，在我的腦中反覆播放著。
不用說，這絕對是蓮同學的大好機會。

這種時候，我能做的事情是——
現在，我該說什麼才好——……

「總……總之，已經沒什麼時間了，還是趕快讓新歌的編曲告一段落吧。」
「說得也是……鈴，電子琴的部分，妳想要什麼樣的感覺？」
聽到話題突然被帶到自己身上，我一瞬間不知該露出什麼樣的表情。
蓮同學和未來學姊有些擔心地望向這邊。

「……那個，在這之前，先來泡一壺茶吧？」
在視野一角發現電熱水瓶的我，臨時擠出這個反應。
不過，蓮同學和未來學姊不約而同地敲了敲手掌心。

「喔喔，不愧是鈴。難怪我老覺得少了什麼呢。就是這個啦，喝茶！」

「也對，那我們休息一下吧。馬卡龍、餅乾還有棉花糖，你們想吃哪個？」

「咦，為什麼隨時都有點心可吃啊？未來，就算妳是吃不胖的體質也不太好吧～」

「你才是呢，只是因為自己有與生俱來的模特兒身型，就這麼得意！對吧，鈴？」

「……就是說啊。簡直是女性公敵呢！」

看到我和未來學姊站在同一陣線，蓮同學開始做出假哭的反應。

巡音小姐則是一邊準備茶點，一邊感慨萬千地表示：「或許諧星會比較適合你呢。我替你介紹事務所吧。」

房間裡充斥著熱鬧而祥和的氛圍。

（我有好好露出笑容嗎？）

儘管窗邊有一扇巨大的穿衣鏡，但我因為太害怕，直到最後，都沒能確認自己映在鏡中的臉龐。

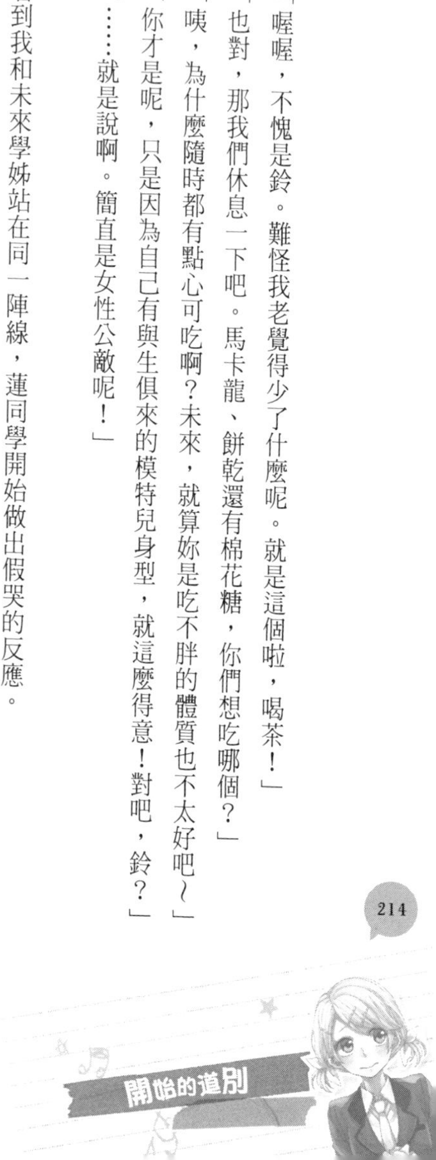

interlude -插曲-

在蓮和鈴離開後，這個房間變得寬敞而寂靜。

久違的「寂寞」似乎再次湧上心頭。

我從窗戶向外看，天色已經暗下來，所以看不到那兩人的身影。

只有自己倒映在玻璃上的一臉複雜表情。

「瑠花，妳為什麼要提起去美國的事情呢？」

「因為我認為妳也傾向直接告訴他們。」

「……或許吧。總比透過新聞得知要來得好。」

「那我也能問妳一件事嗎？我知道妳是為了探望住院的父親才回到日本來。不過，為何要刻意返回母校參加演唱會？甚至還為此做了一首新歌。」

現在才問這個？

在替我調整工作排程而東奔西跑的時候，妳不是完全沒有過問嗎？

這是我心中最直接的想法。

我凝視著令人無法猜透用意為何的瑠花，而她也回以試圖看穿我內心世界的眼神。

「因為我覺得自己必須這麼做。」

儘管只能回以如此模糊的答案，但背後並非另有隱情。

純粹是連我都不了解自己真正的意圖罷了。

瑠花或許也料中了這一點吧，所以只是對我投以淺淺的苦笑。

「對了，瑠花——蓮的事情，妳是認真嗎？」

我不知不覺地道出原本不打算問出口的這句話。

我自己也為此吃了一驚，後悔到想要抱頭大喊「糟啦～」的程度。

「是呀。」

瑠花的聲音聽起來魄力十足，彷彿在下某種判決一般。

「正確來說，是對『蓮的才能』認真。」

不知為何，我陷入了極度沉重的心情，只能拚命按捺嘆氣的衝動。

或許——必須從旁看著蓮和當年的我一樣被迫面對困難的抉擇，就讓我倍感煎熬吧。

之後，我度過了一如往常的時間。

再次確認過明天的行程後，瑠花便返回隔壁的房間。

我泡過澡，做完肌力訓練和伸展操之後，便直接上床休息。

不同於以往的是，這次我很快就睡著了。

還久違地作了一個夢。

(啊,我是在作夢嗎……)

會察覺到這一點,是因為夢境裡有著我和蓮。

三年前那場夏日祭典,宛如電影般在眼前播放出來。

雖然這麼說好像有些自戀……

但我覺得蓮很仰慕我。

當時的他,連外表也像一隻幼犬。所以,我記得每次遇見國中同學時,都會聽到「妳帶狗狗去散步呀?」之類的調侃。

蓮就像這樣,總是會馬上跑到我的身邊。

我覺得自己好像多了一個弟弟。不但開心,同時也很安心。

那時,一直支撐著我的,毫無疑問就是蓮的笑容。

自我懂事以來，我的雙親就一直維持著表面夫妻的關係……
對他們而言，我被挖角的消息，可說是一切爭端的導火線吧。
得知瑠花是知名音樂事務所旗下的經紀人後，父母突然開始爭奪我的監護權。

為了出道，必須事先創作大量歌曲的關鍵時期。
面對不再是避風港的那個家，我開始習慣在外頭待到天黑為止。

搬家快一個月的時間後，我發現了一個中意的場所。
連接住宅區和公園的小型天橋。
到了黃昏時分，那裡幾乎不會有人經過，是個剛好可以用來練歌的地方。
在輕音社的練習結束後，我總是會直接造訪那裡。

（我就是在那裡和蓮相遇的呢。）
一開始，我只是湊巧從他身邊經過而已。

看到天橋上已經有其他人的身影，我帶著略為遺憾的心情，打算從公園離開。

擦身而過的時候，我不經意地望向蓮，瞥見他紅著一雙眼。

於是，我發現他也是到這裡來解放淚水的人。

「就去文化祭晃晃好了……」

「那麼，選擇逢坂學園的文化祭如何呢？」

第一次向他攀談的情景，清晰到好比是昨天才發生的事情。

其實，在上前搭話之前，我就已經知道他是「加賀美蓮」了。

「天橋上的他」一直讓我很在意。某次，我不自覺地向海斗學長傾訴這件事時，他根據各方面的情報，判斷那個人或許就是蓮。

「未來，我會先傳簡訊給妳，再傳同一封給蓮。如果他有反應，就是本人沒錯了。」

一如海斗學長的預言，我和蓮相遇了。

之後，時光彷彿稍縱即逝。
蓮來看文化祭的演唱會，我們成為朋友。
冬天過去，春天來臨——

在夏天到來之前，我決定踏上音樂人這條路。
我沒有告訴蓮，只是暗自下了這樣的決心。

被瑠花挖角之後，我瞬間放下了音樂以外的人事物。
明知這麼做，等於狠心拋下那個還不成熟的「弟弟」，我卻無法繼續待在他身邊。
猶豫著開口時機的我，到頭來，仍然隱瞞到最後一刻。

應該有很多更圓融、更不傷害對方的方法才對。
結果，我最關心的還是自己。
我埋頭鑽研音樂，企圖以此為救贖。

一陣子之後，我的電腦收到蓮傳來的一封電子郵件。

附加檔案的名稱是「ＲＥ：愛哭鬼男友」。

我以顫抖的指尖打開檔案，電腦音響傳來蓮給我的回應……

「謝謝你。」

我不停地、重複地聽著他傾訴的一字一句……

然後決定再也不回頭。

❤ ✧ ❤ ✧ ❤

隔天早上，瑠花在開車時，很罕見地打開了音響。

播放出來的，還是我以外的人所演唱的歌曲。

「……這是蓮的歌嘛。妳之前好像也有聽過吧？」

趁著等紅綠燈的時候，我向駕駛座上的瑠花開口。

「讓我在聽完宣傳帶之後想見上一面的人，除了妳以外，他是第一個。」

她倒映在後照鏡裡頭的表情，彷彿想跟著曲子哼歌一般。

「直接跟他見面、聽到他的聲音之後，我更深信不疑了。加賀美蓮，那孩子絕對能一鳴驚人。」

「……我明白妳的心情。可是……這樣不會太心急了嗎？」

「不過，妳可是十八歲就出道了喲。」

沒有挖苦意味而率直表達出來的看法，讓人感覺她不愧是女強人。

成為專業人士的覺悟，以及對自身的榮耀，也是她一一教會我的。

以一名經紀人，以及幹練製作人的身分。

我相信瑠花對音樂的敏銳度和直覺，而且，蓮的歌聲確實也會讓我心跳加速。

他動人的歌聲，蘊藏著無限可能。

「可是……」

不知該如何接著說下去的我，只能垂下眼簾。

我為何會感到如此沉重呢？

蓮和鈴一同歡笑的面容從腦中一閃而過——

「必須做出抉擇的人，不是妳，而是加賀美蓮喔。」

聽到瑠花這句話，我將身子深深沉入座椅之中。

我們結束新歌編曲的工作，離開未來學姊的飯店房間時，外頭天色已完全暗了下來。

（今天穿短袖有點冷呢……）

秋天大四角高掛在南方的夜空中。

跟暑假時我和蓮一同仰望的那個星空，有著微妙的不同。

「加賀美，你要不要乾脆跟未來一起去美國？」

巡音小姐的這句話不斷在我的耳畔迴響。

（蓮同學他……現在在想什麼呢？）

他從剛才起便不發一語，以不會太近、也不會太遠的距離和我並肩走著。

有時會感覺到他投過來的視線，所以，我想蓮同學大概是在尋找開口的時機吧。

（可是，我已經……沒辦法再等下去了。）

「決定了！我要留在這裡，然後成為終極的甜點師傅！」

我像是要驅趕兩人之間尷尬的氣氛一般，以開朗的語氣刻意如此宣言。

「……咦？鈴，怎麼了，這麼突然？」

「剛才，聽到你跟未來學姊的對話，我就湧現了這樣的想法。我也想盡全力投入自己能夠做的事情。所以……」

都還沒有提到最重要的部分，我的聲音卻顫抖了起來。

我雙手緊緊握拳，然後深呼吸一口氣。

「所以，我們就各走各的路吧。」

「……我不要談遠距離戀愛啦！絕對沒辦法，我會哭的！」

「不要在嘗試之前就妄下定論啦。」

面對企圖打哈哈帶過的蓮同學，我想確實將心意傳達給他。

我直直地凝視著他的雙眼，然後再次開口：

「再說，我們也才十七歲而已呀。之後一定會發生很多事，沒人能知道未來會如何發展。我希望你能夠實現音樂人的夢想，蓮同學。」

透過這番話，蓮同學似乎也了解到我是認真的。

他或許是判斷已經無法笑著帶過這個話題，所以思考了片刻。

「──鈴，我相信妳。」

我沒能馬上理解這句話的意思。

不知不覺中，我停下了腳步，茫然地抬頭仰望以星空為背景的蓮同學。

「所以，妳也相信我吧。」

蓮同學相信我的什麼？

我該相信蓮同學的什麼？

在無法問清答案的情況下，我們在車站外頭告別。

轉身離開的我，從後方感受到蓮同學的視線。

那個初音未來要去美國發展——

在我和鈴直接從本人那裡聽說的隔天，媒體宣布了正式消息，逢坂學園也一片譁然。

不，不只是我們學校。這件事也在電視跟網路掀起軒然大波，結果，文化祭的演唱會也跟著被當成報導話題。

儘管入場券早就賣光了，教職員辦公室的電話似乎仍響個不停。沒有入場券的話，就無法踏進我們學校一步。所以網路上甚至出現了很誇張的留言。

（明知道會引起一場騷動，為什麼還要選在這個時間點公布消息呢？）

我想，答案或許就在於巡音小姐的那句話。

跟奏音外出採購之後，返回視聽教室的我們沒看到鈴的蹤影。

正當我感到不解時，巡音小姐透過手機捎來聯絡。

「啥？她在跟未來約會？」

『不要緊，未來有變裝。』

「不，不是這個問題……距離文化祭已經沒多少時間了，她們這是在做什麼啊？」

『正是因為如此呀。在文化祭之後，等著未來的，是長期滿檔的工作排程。在這之前，我希望她能回到故鄉，恣意地走走看看呢。再說，未來的父親……』

未來的家庭正在打離婚官司的消息，我已經透過娛樂新聞節目得知了。

原本還以為是離婚訴訟的結果出來了，但傳入耳裡的，卻是意想不到的事實。

「現在在住院，聽說恐怕活不久了。」

「……喂……喂……喂！你有在聽我說話嗎，蓮？」

像是從泳池裡頭爬上岸似地，周遭的聲音一下子鮮明起來。

身下的椅子搖晃著發出喀噠一聲。我望向那名呼喚自己的人。

「……啊，是你啊，奏音……」

「你這是什麼蠢樣啊？因為睡眠不足，所以在發呆嗎？」

「畢竟是正式上場的前一天嘛。而且這次又有特別來賓，多少都會緊張啊。」

「嗳，你就老實說吧。這種情況真的有點不妙，不是嗎？」

表演曲目都很完美。

直到今天為止，我也跟樂團成員排練過無數次，達到了大家都能接受的表演效果。

（問題在於那首新歌……）

單說結論的話，就是鈴辭退了一同上台演唱的要求。

前天，從未來居住的飯店回家的路上——

「我們就各走各的路吧。」

而昨天，在演奏新歌之前——

「我想從台下眺望未來學姊跟蓮同學唱歌的模樣。」

站在我的立場，這些都是鈴單方面的宣言。

無論我怎麼力勸，她都不肯再次點頭。

「已經無計可施了嗎……」

「你是認真這麼說嗎？」
「因為～雖然長得那麼可愛，但鈴其實意外頑固呢。」
「白痴啊你！」
「好痛啊啊啊啊啊啊！」

奏音的拳頭和他的怒罵聲一同襲向我的腦門。
這不會太過分嗎？我有種眼冒金星的感覺……
「你也想想音崎的感受吧。那個傳聞就連我都聽說了。」
我含淚瞪著奏音，結果他回以一個更可怕的表情。

我知道奏音說的那個傳聞是從哪裡傳出來的。
就是過去時常欺負鈴、自稱加賀美親衛隊的那些成員。
聽到未來要跟我在演唱會上合唱，她們似乎就開始自己編起故事來。
也就是我們會復合的傳言。

「音崎或許打算就這樣完全退出吧？這樣好嗎？」

「……才沒有那回事呢。」

「她本人有這麼說過嗎？無論如何，你快去接她吧。」

我明白奏音是在擔心我們。

當然，面對這種情況，我也並非沒有任何感覺。

（可是，我……）

「我相信鈴。」

「……呃，是啦，我沒有懷疑這點。不過，現在狀況不同了啊。站在音崎的立場，要收回一度說出口的話，恐怕也沒這麼簡單。」

「但我不能這樣做。」

聽到我態度堅定的回答，奏音詫異地皺起眉頭。

「你的意思是，你相信音崎一定會主動過來？」

「想對她說幾句溫柔的話很簡單，但我覺得這麼做，就沒有意義了。如果無法克服眼前這道障礙，我們……之後也一定會重蹈覆轍。」

如果要彼此朝著自己的夢想前進，在不久的將來，必定會被迫分開。

到時，究竟只有物理上的距離讓我們分隔兩地，或是連雙方的心都會就此漸行漸遠？

現在，正是關鍵的分歧點。

「是喔。感覺我白擔心了呢。」

我的摯友動了動脖子，讓關節發出「喀啦」的聲響，然後從椅子上迅速起身。

「……雖然是我自己說出來的，但剛才那種說法，你真的能接受嗎？」

「既然你真的有在考慮未來，那事情就不會往壞的方面發展吧？」

「嗚~哇~你這副得意的嘴臉真令人火大耶~」

「隨便你說啦，笨蛋。」

奏音笑了幾聲，然後拎起裝著貝斯的提袋。

「那我走啦。」

「……謝嘍～」

我朝著奏音遠去的背影輕聲低喃。

雖然他沒轉過來，但仍對我揮了揮手。

我重重嘆了一口氣。

（……來替吉他調音好了）

喀啦！

在我讓沉重的身軀離開椅子的瞬間，視聽教室的門被人奮力推開。

我反射性地回頭，發現一臉焦急的未來獨自站在門外。

「巡音小姐呢？妳又一個人溜過來啦？」

「鈴不一起演唱新歌了嗎？」

不愧是逢坂的畢業生。對一切動態瞭若指掌的未來踏進視聽教室裡頭。
她筆直走到我的面前，以犀利的眼神抬頭望向我。
「我剛才在外頭聽弦卷同學說了……為什麼？」
「……抱歉，這麼晚才讓妳得知。不過，我這麼做也有理由……」
「你當天想一直等到鈴出現對吧？沒問題，因為我也跟你一樣。」
未來完全看透了我的思考模式，所以無須再對她多說什麼藉口。
（我一直都在依賴這種令人安心的感覺呢……）
就算不一一說出口、不透過態度來表示，對方也能夠確實理解自己。
儘管這看似十分理想的關係，但只要走錯一步，就有可能化為雙面刃。
「你跟鈴之間發生什麼事了……？」
「她不要緊的。」
「真的嗎……？」

「……比起這個，我有一件事想問妳，未來。」

或許是發現我的語氣隨之一變，未來眨了眨眼。

她的雙眸之中浮現困惑。

從巡音小姐那裡聽說未來父親的消息之後，我一直在思考。

該怎麼做，對未來才是最好的？有什麼是我能做到的事情？

無論是三年前或是現在，從不曾對我提起家中狀況的未來。

我已經不是小孩子了。可以理解她選擇這麼做的用意何在。

所以，我也不打算勉強她說出理由。

可是，如果我能成為她的助力……

「那個，未來……妳還好嗎？會不會太勉強自己了？」

「……你怎麼啦？突然這麼問……」

看著態度不置可否的未來，我默默想著「果然如此啊」，在內心嘆了口氣。

一旦察覺到事實，感覺一切的一切都瞬間變得清晰透明。

（未來一直都這樣勉強著自己呢。）

「我已經不是從前那個我了。妳可以更依賴我一點。」

雖然未來沉默不語。

但我的這句話，讓她透亮的眸子出現動搖。

我沒有移開視線，靜靜地和她對望著。未來眼中的情緒波動愈來愈強烈。

彷彿是在強忍著哭泣的衝動。

「──在三年前，也是你一直支撐著我的音樂呀。」

未來在慎重挑選自己的用字遣詞後開口。

聽到這個完全出乎意料的答案，我不禁止住了呼吸。

「雖然表面上裝出姊姊的樣子……其實，我一直以不會被發現的方式依賴著你。」

「……未來，不是這樣的。」

「就是這樣。」

她果斷地回答，露出「這個話題就到此為止吧」的笑容。

然後深深地吸了一口氣。

「蓮……如果……如果啊，瑠花向你正式提出一起去美國的邀請……你會怎麼想？」

未來筆直地望著我的雙眼問道。

「我會非常非常開心。」

聽到我這麼回答，未來像是要看穿我內心真正的想法般，持續凝視著我。

她的雙眼透露出些許動搖。

總是能貫徹自身理念的未來。

堅強的未來。

不知為何，這樣的未來，現在看起來卻有些稚嫩。

「非常非常開心……可是，我現在不能去。」

「為什麼？」

「我不想跟鈴分開。因為支撐我的音樂的人就是她。」

我感覺到未來瞬間屏息的反應。

那雙清澈的眸子似乎從我身上看出了什麼端倪，最後，她移開視線。

「好厲害啊……真的好厲害。你跟鈴簡直太耀眼了。」

一瞬間，我還以為未來哭了。

然而，再次抬起頭來的她，臉上有著宛如太陽般燦爛的笑容。

「我們現在只是想法有些分歧。換成以前那個沒出息的我，一定會因此慌了手腳吧。

可是，我相信鈴。相信那傢伙一定能明白我的心意。」

「我也相信你們兩個。」

我想，這樣的小動作並沒有其他意思。

畢竟就連未來也沒有自覺。

不過，她開始用手指纏繞自己的髮絲。

（……她這個習慣還是一點都沒變呢……）

待在我這個愛哭鬼身旁的未來，從來不會為自己的境遇吐苦水，臉上永遠帶著笑容。

儘管如此，在不安或是意志消沉的時候，還是能從她身上看到一些跡象。

我懷抱著各種不同的思緒，將現在個子已經比我嬌小的未來攬入懷中。

「……蓮？」

未來的聲音從咫尺之處傳來。

「未來，我一直都依賴著妳，讓妳單方面地成為我的支柱……所以，我一度還認為自己喜歡妳的心情，或許只是一種憧憬。」

「……嗯。」

「可是，我還是覺得那是我的初戀。」

「……嗯。」

「今後，我希望不是以『愛哭鬼男友』，而是以『重要的朋友』的身分來聲援妳。」

未來深呼吸了好幾次。

然後帶著笑容這麼回答——

「謝謝你。」

（……我……是不是讓蓮同學很困擾呢……）

直到最後，我都聽不進他的勸告，在一小時前離開了視聽教室。

這段期間，我改去家政社露臉，但因為把鹽巴和砂糖搞混，結果又被趕了出來。

我有氣無力地走在走廊上，思考著之後的事情。

班級展覽的準備老早就完成了，接下來只等著迎接文化祭到來。

至於社團……至少，我現在大概也沒有心思做任何事。

我不想造成蓮同學的困擾。

可是，我想待在觀眾席聽他跟未來學姊合唱——

我希望他能明白我這樣的心情。

我不能一直、總是緊緊黏在蓮同學的身邊。

如果真心替他著想，就應該將蓮同學的夢想放在最優先考量。

為此，我也希望自己能做好心理準備。

在台下傾聽兩人的音樂，或許就是我表現「覺悟」的一種做法吧。

只是，在遭遇這樣的狀況後，我才徹底體會一件事。

（其實，我比自己想像得更喜歡音樂呢……）

真要說的話，跟蓮同學他們一起玩樂團的時光，真的讓我開心不已。

比起在音樂教室裡頭獨自彈鋼琴，現在這樣更讓我雀躍。

「這樣一來就結束了呢，不要哭泣。」

在全校被準備文化祭的喧囂氣息籠罩時，一道澄澈的聲音震動了我的鼓膜。

像是口哨聲或悄悄話那樣微不足道的音量。

然而，卻確實地傳入了我的耳中。

我環顧四周，發現未來學姊佇立在中庭的一角。

因為她躲在花壇後方，似乎暫時沒被其他人發現……

（她要去美國發展的消息，更進一步讓大家的狂熱升溫了呢……）

她身旁也不見巡音小姐的身影。若被學生發現，就不是準備明天演唱會的時候了。

「未來學姊，我們換個地方吧。」

我在盡可能不引起注意的情況下奔向她身邊，拾起她的手。

然後有些強硬地將她拉到教職員辦公室裡頭避難。

「……鈴，我能跟妳談談嗎？」

看到未來學姊有些生硬的表情，我才回神過來。

她大概……不對，想必是要談新歌的事情吧。

在我點頭答應之後，未來學姊跑去找老師們，不知道商量了什麼。

不到五分鐘，我們被帶往掩上窗簾的接待室。

為了不讓整個身子陷入沙發裡頭，我刻意坐在邊緣的位置。

而我的正對面，是同樣坐在沙發前端的未來學姊。

「聽說在明天的演唱會上，妳不會跟我們合唱新曲，這是真的嗎？」

「…………是的。」

雖然我也認為必須直接告訴未來學姊這件事，但我沒有她的聯絡方式。

而且，蓮同學跟芽衣子老師應該也會轉告她吧。

腦中盡是浮現這類藉口，讓我不禁垂下眼簾。

「鈴，那個啊……我不是來興師問罪的喲。只是……希望妳能聽我說一下。」

聽到這句出乎意料的話，我輕輕點了點頭。

「之前，妳不是問我跟蓮為什麼會分手嗎？」

「啊……那時真的很對不起。」

我連忙為了自己不恰當的提問道歉，但未來學姊卻搖搖頭制止我。

「之前，我丟下蓮一個人遠走高飛。而且這一切都是我單方面的決定。可是，蓮卻對我說了『謝謝』，還目送我離開。」

「謝謝——……」

「當時，我覺得很開心，不過……跟蓮重逢之後，我改變了想法。如果能聽到他說『我相信妳』的話，應該是一件更幸福的事吧。」

這番發言瞬間和蓮同學說過的話重疊。

蓮同學對我說的那句話。

直到現在，我還無法完全理解的那句話。

「為了出道而前往東京……那時的我，懷抱著『有失才有得』的想法。或該說是太得意忘形才失敗了吧。」

「然而，事實並非如此。我只是缺乏相信他人的勇氣罷了。」

一字一句都鏗鏘有力。

各種感情融合在一起，震撼著我的鼓膜。

我感覺內心有某種情緒慢慢湧出。

未來學姊的這番話，讓我了解到某件非常重要的事情——

「鈴，我相信妳。所以妳也相信我吧。」

那時蓮所說的話，直到現在，才初次深入我的內心。

我死瞪著地板，拚命將快要奪眶而出的淚水吞回去。

所以，我沒能確認未來學姊現在露出了什麼樣的表情。

可是，傳入耳裡的嗓音，聽起來是如此平靜而溫和。

一如她的真心話。

「相信別人是很困難的事。這麼做會讓人很痛苦、很煎熬，有時甚至因此受傷。」

「可是啊，我剛才了解到了。能夠決定『無論是今天、明天或是遙遠的將來，都要一起走下去』，並加以貫徹，是非常棒的一件事呢。所以，下次談戀愛的時候……我希望自己能鼓起相信對方的勇氣。」

「就像『天下沒有不散的筵席』這句話，相遇和離別是人生必經的旅程嘛。所以，雖然大家都著眼於『道別』本身……但也有很多事，是能從『道別』中學到的喲。」

不知不覺中，我抬起頭來。

然後直直地凝視著未來學姊。

而未來學姊也同樣望著我。

最後，她的臉上浮現了一如往常的笑容。

「就在剛剛，我決定好新歌的曲名嘍。」

聽到她平靜卻又帶著強烈意志的聲音，我自然而然挺直了背脊。

未來學姊編織出來的，是非常動人的「真心話」。

「妳覺得『開始的道別』如何？」

❤ ✧ ❤ ✧ ❤

我從位於一樓的接待室直奔最上層的視聽教室。

就只是一股腦兒地往上衝。

其實，只要傳一封簡訊，或是打一通電話，要求他「先不要離開」就好了。

但只是一分一秒也好，我想盡快將自己現在的心意，用自己的聲音傳達出來。

我猛地打開門，蓮同學還留在裡頭。

看到我出現，他露出像太陽般溫暖而耀眼的笑容。

「我相信妳一定會來呢。」

「……對不起……蓮同學，對不起……」

上氣不接下氣的我，說出來的話也支離破碎。

儘管如此，我的心意似乎還是確實傳達過去了。

帶著燦爛光芒的那雙眼睛滿是笑意。

蓮同學一步一步地向我走近。

我也一步一步地往前走去。

兩人之間的距離愈來愈近，直到近在眼前的時候……

不知道是誰先伸出了手。於是，我們緊緊擁住彼此。

「剛才，我跟未來學姊約定好了。」

「……嗯。」

「我要求她『請讓我一起上台合唱新歌』。」

「……嗯。」

感受著彼此心跳聲的我，表明了自己的決心。

蓮同學擁著我的力道愈來愈強，隨後。他以顫抖的聲音表示同意。

「我們就用那首歌跟未來學姊餞別吧。」

不是為了道別。

而是為了約定再次相逢。

文化祭第一天天公不做美，但第二天——也就是今天，卻是萬里無雲的好天氣。

歷年以來人數最多的參加者們，今年也將設置在中庭的舞台團團包圍住。

一道道人牆的最外圍，是疑似沒能取得門票的家長，以及幾位老師的身影。

讓人領悟到已經沒有退路的亢奮情緒，同時也散播到舞台後方。

「雖然可以料想得到，但人潮真的很壯觀耶……」

靜不下心的我，忍不住三番兩次確認電子琴的設定。

我們之前上台表演的是勁舞社。播放出的輕快音樂，幾乎完全沒能傳入我耳裡。

「哎呀呀～？怎麼了，鈴？難道妳在緊張嗎？」

「……嗯，多少有一點吧。」

「這樣啊。不過，不要緊！或者應該說妳是杞人憂天了？台下那些觀眾，可是為了一睹逢坂學園的加賀美蓮王子而來的呢☆」

「……蓮同學……你現在想變身這種角色，恐怕有點難度喔。」

「哇啊啊啊！等等，我們好好聊一下，妳就能明白了！被妳這樣異常冷靜地吐嘈，讓我更手足無措啦！拜託別對我投以那種憐憫的視線啊啊啊啊啊啊～」

「「吵死了！你很煩耶！」」

咦？剛才是不是有人跟我異口同聲？

我猛然回頭，發現身穿登台裝的未來學姊站在那裡。

明明還沒上台，她卻已經散發出驚人的氣勢。

原本忙著做各項準備的工作人員，也瞬間停下手邊的動作。

我毫不遲疑地跑到未來學姊面前，然後奮力朝她一鞠躬。

為她獻上我滿心的感謝之情。

「咦，鈴？討厭啦，妳快抬起頭來。」

「未來學姊！真的……真的非常謝謝妳！」

說著，我的淚水也跟著滑落。

未來學姊用手指輕輕為我拭去淚水，然後露出最棒的笑容。

「要跟我道謝或許還太早嘍。我們一起帶來一場精彩無比的舞台表演吧！」

❤ ✧ ❤ ✧ ❤

踏上舞台後，我感覺自己彷彿在海面上載浮載沉。

不過，這種怯懦的情緒也只在一開始時存在。

浪潮從觀眾席湧來，將我們送往遙遠的地方。

我們將這股浪潮化為更巨大的東西，從舞台上將聲音傳遞出去。

（真希望能像這樣，跟大家繼續在一起呢。）

我自然而然地湧現了這樣的想法，隨後又輕輕搖頭。

就是因為有結束、有時限，人生才更美好呀。

集中在這個瞬間，傾注自己所有的力量。

持續編織這樣的每個瞬間，或許就是人活著的理由吧。

演唱會瞬間來到了後半段。

在一陣格外熱烈的歡呼聲和掌聲之後，未來學姊踏上了舞台。

「我回來了。」

對未來學姊的第一句話，我和蓮同學移開麥克風，異口同聲使勁大喊「歡迎回來」。

彷彿之前已經排演過一般。

擔任主持人時，也能讓表演進行得順暢無比的未來學姊，這時罕見地說不出話來。

（……未來學姊……在哭……？）

因為這裡沒有巨型螢幕，從觀眾席或許看不到。

不過，站在她斜後方的我，看到未來學姊的臉頰上淌著發光的水滴。

那是看起來十分溫暖，同時又清澈透明的淚珠。

「人生充斥著許多相逢和離別，所以我們無法停下腳步……

可是，道別並不是結束，而是開始。」

聽到未來學姊的這番話，現場在不知不覺中變得鴉雀無聲。

她面對這片平靜的海面，道出了新歌的曲名。

「……現在，我將要演唱一首新歌。

請各位欣賞這首『開始的道別』吧。」

我絕不會忘記這一天。

我想，蓮同學、未來學姊和現場的所有人，必定也都是如此。

繼「喜歡☆討厭」之後，神曲「開始的道別」誕生的這一天。

❤ ✨ ❤ ✨ ❤

遠方停駐著巡音小姐前來迎接的車子。

除此之外，學校周遭也擠滿了爭先恐後的媒體記者。

我明白，我們所剩的時間已經不多了。

（可是……我……還不想跟未來學姊分開啊……）

「鈴，妳真是的，怎麼一直哭個不停呀？如果再哭下去，讓體內的水分都消耗殆盡，

妳就會變成木乃伊了喲。」

「妳……妳不也是嗎，未來學姊……」

我和未來學姊依依不捨地緊緊擁抱住彼此。

雖然蓮同學從一旁投來羨慕的眼神，但我可絕不會讓你加入喔！

「……未來學姊，妳是我十分憧憬的人。就算去了美國，我也會一直、一直聲援妳！

所以，請妳偶爾也要回日本來喔。」

「鈴……！妳真的……真的是！怎麼這麼會說窩心的話呀……！」

未來學姊帶著不輸給演唱時的亢奮情緒，再次用力緊緊抱住我。

而她這樣的舉動又刺激了我的淚腺，讓視野變得模糊起來。

這時，遠方傳來巡音小姐按喇叭的聲音。

看來真的沒有時間了。

「噯，鈴。妳還記得我開唱之前，在台上說的那些話嗎？」

「……記得。」

「人生充斥著許多相逢和離別，所以我們無法停下腳步……

可是，道別並不是結束，而是開始。」

我相信這句話。

而且，不只是我。

現在，我能夠確定未來學姊和蓮同學，都抱持著和我相同的心情。

「我們還會見面吧？」

「那當然嘍！……蓮就拜託妳了。」

最後一句，是只有我能聽到的輕語呢喃。

我毫不遲疑地用力點了點頭。

encore -安可曲-

起飛的瞬間，總是讓我無法習慣。

或許是因為不安、期待等各式各樣的情緒交融在一起，讓我的心過於忙碌的緣故吧。

「久違的母校怎麼樣？」

鄰座的瑠花將手帕遞給我的同時這麼問道。

我接過手帕，才發現自己持續流淚的事實。

「……現在說這種話，或許有點厚顏無恥……」

我頓一頓，沒能馬上道出接下來的自白。

或許，就跟不斷滑落的淚水一樣吧。

儘管自己沒發現，但我實際上……

雖然從未說出「喜歡」，或是提出交往的要求，只是維持著曖昧不清的關係。

但聽到蓮對我說「那是我的初戀」的時候，我內心的答案也鮮明地浮出。

「我……失戀了。」

（……咦？總覺得……好像輕鬆多了？）

說出口的瞬間，感覺一切其實沒什麼大不了。

反而覺得，某個一直壓迫著胸口的東西就此消失了。

什麼啊，原來是這樣。我不要緊呢。

我能夠懷抱著最珍愛的回憶，邁向重要的將來。

「……對了，瑠花。妳還沒有放棄挖角蓮嗎？」

她手上拿著一疊資料，看起來像是什麼企畫書的草案。

雖然內容只是一些粗略的業界情報，但我發現上頭有著加賀美蓮這個名字。

（一旦瑠花認真起來，就無人能阻止了呢……）

下次再返回日本的時候，說不定我們就是事務所的前輩和後輩了。

（這樣好像……也不錯喔？）

「我出發了。」

我向大家，還有過去的自己道別，往嶄新的舞台前進。

♥ ✧ ♥ ✧ ♥

「未來學姊搭乘的飛機，會不會就是那架呢？」

放學後，我和蓮同學待在視聽教室裡頭，並肩眺望著窗外的景色。

文化祭結束後，身為高三生的我們，接下來得徹底收心準備考試了。

儘管如此，蓮同學仍然勤跑社團活動。

因為這是——只有現在能被允許的一段特別時間。

「蓮同學，我……已經提交入學申請了。」

看著飛機消失在天空的另一端之後，我轉身面對蓮。

為了將最自己重要的決定告訴他。

「明年春天，我們一起到東京去吧。」

「鈴！妳的意思是——……」

「我會努力讓自己成為甜點師傅。然後，我希望能待在你身邊，一直聽你唱歌。」

蓮瞪大的雙眼透露出動搖，隨後，他將視線移往地面。

在心臟急速跳動到讓人隱隱作痛的時候，他的嘴角勾勒出微笑的弧度。

這一刻，我明白我已經……我們已經跨越眼前的障礙。

「我相信妳一定會來。」

「……謝謝你相信我。」

被夕陽染紅的教室裡，我們的影子重疊在一起。

Haniwa家的人們
吉田大人
Shito
Gom
海賊王
Yamako
Rokoru
漫畫/ Yamako

通稱：Haniwa
非常感謝有機會將《喜歡☆討厭》出版成小說！不知道大家有沒有充分體驗到怦然心動的感覺呢？
接下來，我們即將介紹歌曲和動畫的製作團隊HoneyWorks喔！

Haniwa成軍前
唔啊!?
第一次接到V家原創歌曲的插圖委託!?
用Skype聯絡？
Skype是什麼啊!?
YEAH!!
Gom
Shito
那樣的樂團成員創作的歌曲…
不知道會是什麼樣的搖滾歌呢…

愛哭鬼男友
!?
竟然是抒情敘事曲！
這～樣～一來就～結束了～
跟我想的完全不同……！

開始討論動畫的構圖
這句歌詞的背景是黃昏的天橋，兩人背對背分道揚鑣的感覺。
啊，那就是一個往左走、一個往右走的構圖…？
不，不是！是在左半邊的上下道別。下面的人不動，只有上面那個人在走的感覺！
??
這句的背景則是在車站，兩人笑中帶淚，然後光線唰～地照下來，讓整個畫面變得噗哇～那樣！
???
遠超過想像的堅持……

ピコーン
作畫：Gom
啊…不是用食指擦眼淚，而是用大拇指才對。然後角度從更右邊……
??
就是像這樣的感覺。
!?
噗喔喔
是在戳眼睛嗎…
非……非常感謝你。
最後順利完成了。

果然跟我想的完全不一樣……！

end

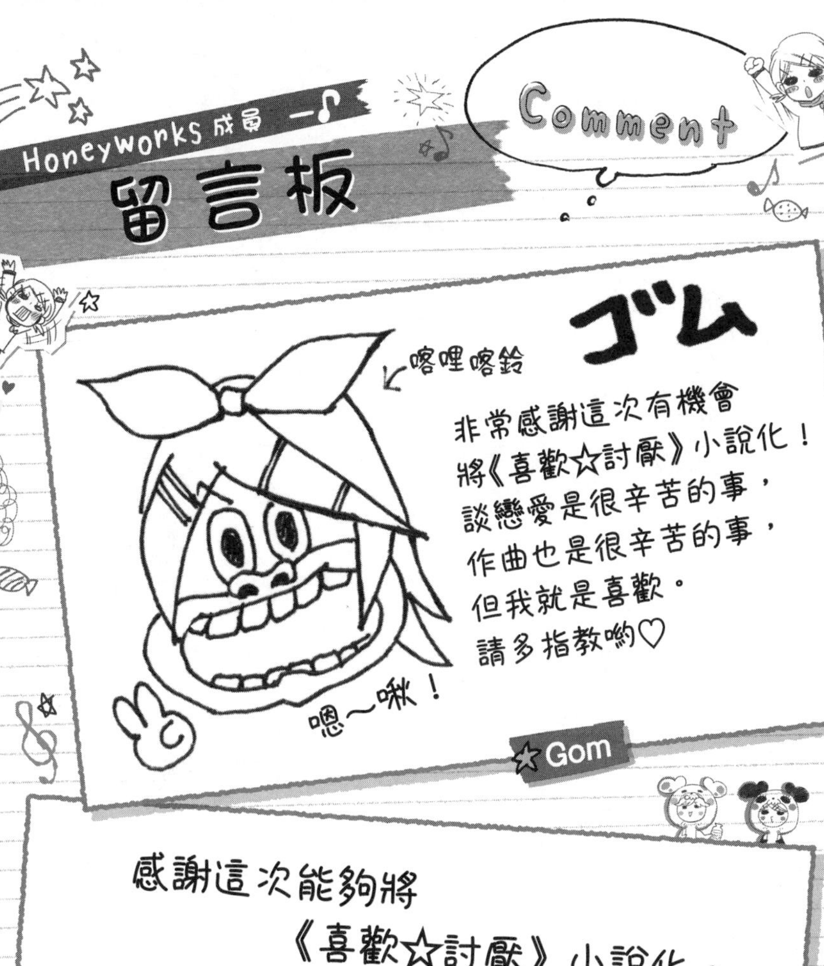

感謝這次能夠將

《喜歡☆討厭》小說化。

如果能讓大家多少有點怦然心動的感覺，

我會很開心喔♡

しも。

使徒

喜歡★討厭

十分感謝將
這部作品小說化!!
無論是「怦然心動」或「揪心」，
若能讓大家看得開心就太好了！
青春真好啊…！

謝謝大家
請多指教～!!

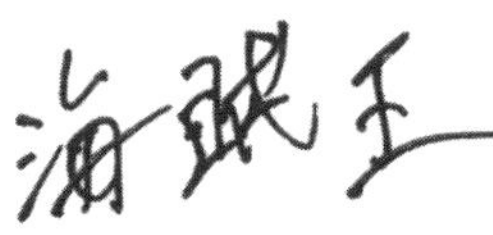

Rokoru
恭喜《喜歡☆討厭》小說化!!
「喜歡討厭」這首V家原創曲發布到網路上的時候，是我還壓根沒想到
自己會成為HoneyWorks一員的國三那年冬天…！
內容好可愛！又好有趣！動畫也超強大！直到現在，
我還記得當初的自己跟朋友一邊聽這首歌，
一邊深深體會怦然心動感。
聽到讓我變成Haniwa粉絲的《喜歡☆討厭》小說化，
真的讓我非常非常期待。不過……
沒想到我會透過描繪插圖的形式，加入這個工作的行列…!!!!
我真的感到萬分開心。非常感謝大家！
請讓我再次送上祝賀。恭喜《喜歡☆討厭》小說化!!!
ろこる

祝賀專區

可喜可賀!!
呀喝—!!

☆GERO大人